ダッシュエックス文庫

本屋の店員がダンジョンになんて
入るもんじゃない！

しめさば

プロローグ　本を読んで過ごしたい

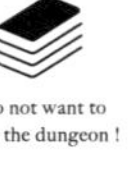
I do not want to enter the dungeon !

最初にはっきりと言っておきたい。

僕、アシタ・ユーリアスは、田舎町からも少し離れたところに建つ寂れた本屋の店員である。

本屋の店員と言われて、ピンとこない人はほとんどいないように思う。

仕事内容は、そう。ちょっとかび臭くて静かな店内をゆっくりと歩き回って、棚の本が綺麗にそろっているかを確認したり。やることがなくなれば本を読みふけりながら店番をしたり。はたまた、本棚の内容に充実感がなければ王都まで出向いて新たな本を仕入れたり。

誰もが想像するような、それである。


………少し。

いや、だいぶ、と言うべきか。

だいぶ、嘘をついてしまった。

今のは僕の理想の仕事内容であって、実状はまったく違う。

どう違うかについては、今僕を全力で追い回しているゴブリンを撒いてから説明するので、ちょっと待ってほしい。

と、いうより。

切実に。

「助けてほしい!!!」

洞窟にこだまする自分の声がキンキンと鼓膜に刺さる。

荒くなった呼吸、全身から噴き出す汗、すべてが不快だった。

全力で走る足は止めずに、後ろを振り返ると、緑色をした九〇センチほどの体長の気持ち悪い生き物が、ヨダレやらなにやらをまき散らしながら追いかけてきている。

距離はつかず離れず。

全力で逃げる僕を、全力で追いかけてきていた。

「この……ゴブリンのくせに……ッ！」

僕を二足歩行、もとい二足全力走行で追いかけてきている生物は『ゴブリン』と呼ばれている、ダンジョン内に棲息する最低級の魔物だ。

駆け出し冒険者が戦闘の訓練として相手をするのにちょうどよいというのは、よく聞く話だ。

足もあまり速い方ではなく、知能も二足歩行する生物の中では圧倒的に低い。

そんな生物に僕がなぜ追い立てられているのか。

理由は単純、僕の運動神経が〝絶望的〟だからである。

当然だ、僕は冒険者でもなんでもない。

本屋の店員なのだから。

本屋の店員に運動神経は必要ない。ゴブリンに追い立てられることなど想定して生きていないのだ。

と、言い訳じみたことをぐるぐると考えている間にも、じりじりとゴブリンが僕との距離を詰めてきている。

そう、まさに今、僕はダンジョン内のヒエラルキーで最も低い位置にいる魔物に追い詰められようとしているのだ。

今行われているこの全力かけっこは、いわばダンジョン内クソザコ決定戦と言っても過言ではない。

ここで負ければ僕は命を落としてあの世に行くばかりでなく、死後の世界でゴブリンの幽霊に「おい、ちょっと裸で踊れよ」なんて言われたとしても素直に従うしかない存在になってしまうのである。嫌ですね！

「ま……負けるかぁ――――ッ！」

大声を上げたところで足が速くなるわけではないと分かっていても、僕は構わず雄たけびを上げて、最後の力を振り絞る。

振り絞られた力は胴体を下り、股関節(こかんせつ)を通り、脚の中で漲(みなぎ)った。

力強く地面を蹴って、僕は。


小石に躓(つまず)いた。


「ごっふ!!」

間抜けな声を上げて、慣性の働くままに前方向に吹き飛んでゆく僕の身体。

ごろごろと転がる間にいろいろな部分を地面にぶつけて、痛いのか痒(かゆ)いのかくすぐったいのか、僕の脳みそではもう判断ができない。

身体の回転が止まったと同時に、僕はどうしようもないほどに理解した。

「…………終わった」

短い人生だった。齢(よわい)二一にして、僕はその人生を終える。

すべてに諦(あきら)めがついて、僕は手足を広げて大の字になった。

そのまま頭だけ横に向けると、ゴブリンは走るのをやめ、ニヤニヤと下卑(げび)た笑みを浮かべながらじわじわと僕に向かって歩いてきていた。

「煮るなり焼くなり好きにしろ――――ッ！」

自棄になって叫ぶと、ゴブリンは一瞬歩みを止めて、不思議そうに首を傾げた。

そうだ、やつらは〝煮たり〟〝焼いたり〟を知らない生物だ。捕まえた動物をそのまま丸齧りにしちゃうような野蛮な生物なのだ。

「齧じるなりほじくるなり好きにしろ――――ッ！」

言い直してやると、意味を理解したようで満足げに頷きながらこちらへ歩いてくる。多くの冒険者の手記に書かれていたことだが、ゴブリンはどうやら、人語を話しこそしないものの、簡単な言葉であれば理解はしているようだ。

思いのほか、死ぬことに対する恐怖はない。

身体が極限まで疲れているからか、心はもう生きることに対する執着よりも、生を諦めてしまう甘美な怠慢の方を望んでしまっていた。

ああ、しかし。

心残りならたくさんある。

我が本屋の蔵書のすべてを三周は読み終えたけれど、もうすぐ四周目を読み切るところだったのだ。せめてそれを終えてから死にたかった。

それと同時に、月末に新しい本が二〇冊ほど入荷する予定だったことを思い出す。できることならば、客が買うよりも先に、すべて読みつくしてしまおうと思っていたのに。

そう、僕は頭のてっぺんから爪先まで、身体から魂までの何もかもが、『本屋の店員』なのだ。

やはりダンジョンになど来るべきではなかった。

ダンジョンになど来なければ、みすみす命を落とすこともなかったし、ダンジョンのヒエラルキーの最底辺に属することもなかった。

気付くと、手の届く距離までゴブリンが迫ってきていた。

ゴブリンは勝利を確信し、にまにまと笑いながら自分の長く鋭い爪の生えた手を振り上げた。

ゴブリンの爪は信じられないほど鋭利だ。

無抵抗で心臓を一突きされれば、人間も一撃で命を奪われてしまう。

ただし、低級魔物であるゴブリンが冒険者を追い詰めて、心臓を一突きにして殺してしまった、などという話は一度も聞いたことがない。

つまり、僕がこのダンジョンでゴブリンの爪の一突きで命を奪われた第一号ということになる。

ここまでくれば自棄である。

僕がゴブリンに殺された逸話によって、この後冒険者を始める新米がさらに慎重にダンジョンで立ち回るようになれば僕の死んだ意味もあったというものだ。

さぁ、ひと思いにやってしまってくれ！

「ウッ！」

ぎゅっと目をつむり、心臓への一突きを待っていると、これがなかなか、その痛みが訪れない。

そうか、本で読んだことがある。

人間の脳は生命の危機に瀕(ひん)すると普段の数十倍までにも思考の回転数が上昇し、世界がスローモーションに見えるほどにその能力を高めるという。

きっと今目を開ければ、まさに心臓に爪を突き立てんとするゴブリンの姿が僕の目に映るのだろう。

まぶたに込めていた力を解いて、ゆっくりと目を開ける。

……なぜか、目の前にいたはずのゴブリンが視界から消えていた。

「え？」

慌(あわ)てて身体を起こすと、隣に水色の液体の水たまりができていた。

その中心には、ついさっきまで僕を追い立てていたゴブリンが横たわっている。

「し、死んでる……」

呟(つぶや)いて、すぐに僕はハッとする。

思わず自分の胸に手を当てて、穴が開いていないか確認した。

「い、生きてる……」

「ぶっ」

茫然として言うと、遠くから息を噴き出すような音が聞こえた。

声の主を確認しなくとも、僕にはすぐわかった。

「ふふっ……ゴブリンに……殺されそうになってる人なんて……んふっ……初めて見たんですけど……！」

全身をぶるぶると震わせながら笑いをこらえている女冒険者を見て、僕の中に二つの感情が湧き上がる。

一つは、安堵。

隣に横たわるゴブリンは、あの女の放った矢で心臓を貫かれたようだ。もう命の危険はない。

もう一つは、怒り。

考えるよりも先に、怒鳴り声を上げていた。

「僕を全力で守るって話だったよなァ!?」

「ヒーッ！　お腹痛い！　ごめん、ごめんって！」

僕が怒鳴ったにもかかわらず女はげらげらと笑っている。

「笑ってる場合か！　契約違反だろうが!!」

「だって、気付いたらいなくなってたんだもん。あたしの後ろにいてって言ったじゃん」

「後ろにいたけどさらに後ろからゴブリンが追いかけてきたんだよ！」

「やばかったら大声上げてって言ったじゃん」

「上げました！　助けてくれ！　ってすぐに叫びました！」

「ご、ゴブリンに追いかけられて『助けて！』って叫んだの……んふっ……！」

「笑ってるんじゃない!!」

目の前で涙を浮かべるほどに捧腹絶倒（ほうふくぜっとう）している女。

この女はエルシィ・ミンクスという冒険者だ。

エルシィは数日前にふらりと本屋に現れて、嫌がる僕をとある事情でダンジョンへと連れだした。

「死ぬかと思ったぞ！」

「いやぁごめんごめん、運動神経がダメとは聞いてたけど、まさかここまでとは思ってなくてさぁ」

目尻に溜まった涙を人差し指ですくいながら、エルシィは言う。

「急にいなくなったと思って慌てて弓矢構えて探しに来たら、足の遅いゴブリンとデッドヒートしてるもんだから……ぷっ……面白くてついつい見入っちゃってさ」

「すぐに助けろよ!!!」

「『齧るなりほじくるなり好きにしろ――――ッ！』でもうダメ」

再びけらけらと笑いだすエルシィを、僕は大変冷ややかな目で見つめていた。

こいつ、俺の生死が関わっていた大激闘を面白半分で遠目から眺めていやがった。そして彼女の口ぶりから察するに、矢を射る準備だって万端だったはずなのにギリギリまで見物していやがった。

挙句の果てには、ゴブリン以外誰もいないと思って、破れかぶれになって叫んでいたのをばっちり聞いていやがった！

二度とこいつとダンジョンに潜ってなどやるものか。

決意を固め、「もう帰る！」と言いださんと息を吸い込んだタイミングで、

「ほら、これ」

エルシィが僕の目の前に何か小さな球体を差し出した。

「この前言ったやつ。案外すぐ見つかったからさ」

手渡された球体をまじまじと見つめる。

掌で転がすと、そのサイズに見合わない重量感があった。

すぐに、ズボンの尻ポケットにしまっていた小型の〝ルーペ〟を取り出す。

良かった、転んだ時にレンズが割れていたらどうしようかと思ったが、こいつは無事だったらしい。

球体の表面をルーペで見ると、何やら細かい紋様がびっしりと表面を埋め尽くしていた。

「これは……前時代のネブルシュカ象形文字。いや……」

まだ断定はできない。ネブルシュカ象形文字と非常によく似た象形文字は同じ時代に数種類存在していたはず。

しかし、どのみちこれが前時代の遺物であることは間違いない。

球体から視線を上げ、エルシィを見ると、彼女はワクワクした様子でこちらをじっと見ていた。

「どう？」

「……今ここで確実なことは言えないけれど、これが前時代の遺物なのは確かだ」

僕が言った途端に、エルシィの表情がパッと明るくなってゆく。

彼女は小さくガッツポーズをした。

「よっしゃ！　やっぱ連れてきてよかった」

エルシィは僕の肩をぽんぽんと叩いて、にっこりと笑った。

「ありがと。そのへんのエセ考古学者に訊いてもみんな曖昧なことしか言わなくてさ」

心底嬉しそうに笑っている彼女の表情を見て、僕は先刻までの怒りのやり場を失ってしまった。

「ま、まあ……役に立ったなら良かったけど」

僕は小さな球体をエルシィに返し、踵を返す。

「とりあえず、さっさと帰ろう。死にたくない」

「ぷっ……大丈夫、帰りはつきっきりで守ってあげるから」

エルシィがけらけらと笑って、ダンジョンの出口の方面へと一歩踏みだす。

僕もそれに続いて、ダンジョンの出口を目指す。


僕の勤める小さな本屋は、多くの冒険者が訪れる洞窟ダンジョンのすぐ近くに建っていた。

それは、今は旅に出てしまって留守にしている店長が決めた立地で、どうやら彼は冒険者が立ち寄って本を買ってゆくことを期待していたようだ。

僕に留守を任せて彼が旅に出てしまってから、数年一人で本屋を切り盛りしてきたが、その間に分かったことは一つ。


冒険者は、ほとんど本を買っていかない。


奴らは、本を読むよりも冒険に出かけて、獣(けもの)を狩り、美味(うま)い飯や酒にありつくことの方が好きなのだ。

ダンジョンの近くに本屋があったところで、ちょっと覗(のぞ)いて、すぐに店を出てしまう。

本が売れなければ、当然金は入らない。

金が入らないということは、僕の生活にかかる費用はこの仕事では賄(まかな)えないということになる。

それは困る。非常に困る。

僕は毎日、毎時間、毎分、毎秒本を読んで過ごしたい。

本屋を出て労働することなどに割く時間は一秒もない。

そこで、僕は考えた。

本が売れないのであれば、〝本で得た知識〟を売ってやろうと。

僕は読書においては雑食を極めている。

物語や歴史書、論文はさることながら、冒険に行く気などさらさらないくせに冒険者の執筆したダンジョン冒険記や、魔物の生態図鑑など、字の記してあるものならばなんでも読んだ。

結果、得たものは〝膨大な知識〟である。

はっきり言って、冒険者には〝学〟のない人間が多い。

冒険者たちに欠けている〝知識〟を売り物としてやれば、案外稼げるのではなかろうか。

僕のその考えは、面白いほどに的中した。

本屋の前に、目立つように大きな文字で『ダンジョン情報、売ります』と看板を立てるだけで、ダンジョン攻略に向かう冒険者がわらわらと立ち寄っていった。

ダンジョンに関する情報はよく売れたが、中でも〝宝物〟と〝魔物〟の知識はよく売れた。

ダンジョンで拾うことのできる収集物の中でも、高く売れるものとそうでないものがある。

それを事前に教えてやることができれば、冒険者も無駄なものを拾ってこずに、換金率の高い物品だけを狙って採集できるというわけだ。

このような方法で、僕は本屋を私物化しながら、冒険者とＷｉｎ－Ｗｉｎの関係を築いてきた。

……はずだった。

と、いうのも、情報を売り続けているうちに、『一緒にダンジョンに入り、実物を見て判断してほしい』と言いだす冒険者が現れたのである。

それは、道を塞いでいる魔物に関することであったり、洞窟の壁と一体化した前時代の遺物であったりと、口頭で特徴を聞いても判断しにくいものについてだった。

自分の絶望的な運動能力を考えれば、ダンジョンに一緒に行くなどというのは考えたくもないことだったが、ちょうどその頃は売った情報が冒険者の中で広まってしまい、あまり新しく売れなくなってきている頃だった。

渋々、『自分を危険から全力で守ってくれるなら』という条件付きで、僕はその依頼を飲んだ。

その時は、一回きりのつもりだったのだ。

思えば。

一回きりだから！

と言って、本当に一回きりで終わる物語は、少ない。

「アー―――――――ッ!!!」

「動かない動かない！」

「無理無理無理無理!!!」

「動くとアシタの首も飛ぶよ」

エルシィの言葉で、じたばたしていた僕はぴたりと動きを止める。

「いい子」

エルシィが呟くのと同時に、僕の肩に後ろからまとわりついていた何やら触手のような魔物が彼女の放った矢を受けて後ろに吹き飛んでいった。

「うぇっ、ネバネバだよ、クソッ」

「ウケる」

「笑ってるんじゃない!!」

もうすぐダンジョンの出口にたどり着くぞ！

と意気揚々に歩いていた時だった。

突然背中にヌメリとした何かが絡みついてきて、気付くと背中から肩にかけて謎の触手に這いずり回られていた。

「ダンジョンナメクジの粘液は美容にいいらしいよ」

「それデマだからな!!」

背中が痒くてしょうがない。

触手のような見た目をした『ダンジョンナメクジ』は肌が微妙に痒くなる粘液を分泌しながら、人間の肌の『汚れ』を餌として群がってくる。

攻撃は一切してこないが、とにかく這いずり回られると気持ちが悪い。

「ゴブリンに追いかけられるわ、ダンジョンナメクジに背中を這われるわ」

今日は最悪だ。

僕は本を読めればそれでいいのだ。

一生あの本屋に引きこもり、肉体労働をせずに幸せに暮らす予定だったのだ。

ダンジョンに行くなんて、とんでもない。

二度と……そう、二度と!

ダンジョンになど入るものか。

もう何度そう考えたか、数えるのはやめてしまった。

深いため息をついて、僕は疲れ切った声で呟く。

「本屋の店員が、ダンジョンになんて入るもんじゃない」

第一話　本屋から出たくない

I do not want to enter the dungeon !

今日は休日である。

僕が決めた。

昨日はエルシィに連れ回されて散々な日に遭ったので、今日は店を完全に閉め切って、一日中読書にふけって過ごすのだ。

外で受けたストレスは読書で発散するほかない。

僕はウキウキとした気持ちで店前の看板をたたみ、店のドアに二重の鍵をかけ、店内を明るく照らす電灯をすべて消した。

そして、カウンターの上に置いてあるお気に入りの小型ランタンにのみ明かりを灯す。

完璧だ。

ここまですれば誰にでも、今日この本屋が営業していないことは理解できるだろう。

あとは日が暮れるまで、いや、夜が明けるまで本を読み漁るのみだ。

僕の読書を邪魔する者はいなくなった。

「よし、じゃあ途中だったルーベル刺繡文化史を……」
店長の愛用していたふかふかのチェアに深く座り、硬くずっしりとした、片手で持ち上げるにはかなり重い文化史書を膝の上にのせて、すぐにそれを読み出さんと僕がページに指をかけた瞬間。

――コンコンコン……

店のドアをノックする音がした。
出鼻を挫かれ、僕はムッとした表情を隠しもしない。
誰だよ。どう見ても閉まってるだろ。
「本日は閉店でーす……」
独り言のように、小さな声でそう呟いて、僕は再び膝の上の本に目を落とす。
反応がなければすぐに諦めて帰るだろう。

――ドン、ドンドン！
……そう思ったのは間違いだった。

先ほどよりも強い力で、ドアがノックされる。

「もしも――――し!!」

続いて、外から大声が聞こえてきて、僕はすぐにその声の主を理解した。

「エルシィか……」

先日僕の護衛をあまりにも適当にこなし、ひどい目に遭わせた張本人である。

正直今は声も聞きたくない。

「無視だ、無視」

決意して、僕は三たび、本に目を落と……

――ドンドンドンドンドンドンドンドン！！！！

「いるのは分かってるんだからな――――ッ!!!」

うるさい、借金の取り立てか。

ここまでくると、根負けしたほうの敗北である。

僕は居留守を決め込むぞ、永遠にそこでノックしていろ。

――ガン！　ドンドンドン!!　ガッ！　ガッ！　ズドン！

「キックとタックルはやめろ!!　扉が壊れるだろ!!」

「あ、やっぱりいたじゃん」

　一瞬で根負けしてしまった。

　さすがに店長から任された店を破壊されてはたまらない。

慌(あわ)てて開けてしまった扉の前には、予想通りの人物が立っていた。

「何の用だよエルシィ」

「ちょっと見てほしいものがあってさ。入っていい？」

「ダメだ。今日は休業だ」

「お邪魔しまーす」

　この人話が通じません！

「うわ、暗っ！」

　ずかずかと店内に入ってきて、きょろきょろと首を動かすエルシィ。

首の動きと同時に、ミディアムショートの金髪が揺れた。

「文句があるなら帰れ」

「べつに文句は言ってないでしょ。感想だよ、感想」

　依然(いぜん)、帰る素振りを見せないエルシィに、僕もさすがに観念する。

店内のいくつかのランタンに火を入れ、あたりが見える程度の明るさを作ってやる。

エルシィはその間、目をぐっと細めて、本棚に並ぶ本を凝視していた。

「アシタってさ、ここに住み込みで働いているんだよね」

「そうだけど、それがどうかしたのか」

エルシィは何かおかしなものでも見るような目を僕に向けて、言った。

「頭おかしくならない？」

「ならねえよ！　むしろ天国だろうが！」

「いや無理無理！　あたしなら数日で発狂するね、こんな本だらけの部屋にいたら！」

両手をぶんぶんと振って、エルシィは苦悶の表情を見せた。

なんて失礼なやつだ……そんなにこの空間が気に入らないならさっさと帰れ。

と、言いたいところだが、そう言って帰る人物でないのはさすがに理解している。

「で、見せたいものって？」

さっさと用件を済ませてもらおう。

僕はカウンターの中に入り、ソファに深々と腰をかけた。

今日に限ってはこいつを客として扱う気はない。どんな態度で接しようが文句を言われる筋合いはない。

エルシィも僕の態度をさして気にすることなく、カウンターにたったと走り寄ってくる。

そして、なぜか自分のシャツの胸元のボタンを一つはずした。

「おい」

「ん？」

何をしているんだ、と問おうとするのと同時に、エルシィは自分の胸元に手をずぼっと突っ込み、すぐに抜いた。

「ほら」

そして、手の中に握った何かを、掌（てのひら）を広げて僕に見せてくる。

「ほら、じゃねえよ！　なんでそっから出した！」

突っ込まずにはいられなかった。

胸元から物を取り出すやつがあるか。戦時の女スパイでもあるまいし。

「え、だってここが一番安全だし」

「安全って……」

「誰もここに手とか入れないでしょ」

「……まあ、確かに」

納得してしまった。

「そんなことより、これ」

〝そんなこと〟、で片付けられても困るが、僕の興味はすぐにエルシィの胸元から、エルシィ

が差し出した物品に移り替わった。

　エルシィの手の上に載っていたのは、小石ほどの、金色に輝く金属のようなものだった。

「へえ……」

　僕は意識もせずに、自然とルーペを取り出していた。

　目の前にある物体に対する知識欲を満たさずにはいられない。

「触っていいか？」

「もちろん」

　エルシィから金属のような物体を手渡され、受け取る。

「……あったけぇ」

「スケベ」

　反射的に感想を口にしてしまったのもどうかと思うが、どう考えてもそんなところにしまっていたエルシィが悪いと思う。

　冗談もほどほどに、ルーペで表面を拡大して見てみる。

　表面に彫刻が施されている様子はない。

　装飾的な意味よりも、何か実用的な意味を持っていた物体なのだろうか。

「今日の朝イチにダンジョン潜って、これ見つけたんだけどさ」

　手持ち無沙汰な様子でカウンターで頬杖をつきながら、エルシィが言う。

「どっからどう見ても『金』じゃん。だから鑑定士のところに行って値段つけてもらおうと思ったのに」

　エルシィはその時のことを思い出したように、しかめっ面を作った。

「これは金じゃない、の一点張りでさ。値段はつけられないって言うの。でもどう見ても金ぴかじゃん！　価値がないわけないと思って！」

　それで僕のところに来たわけか。

　エルシィが突然店に押し入ってきた理由が分かったところで、ちょうどこの物体の性質も見えてきた。

「今回に限っては、その鑑定士の言うことに賛成だな」

「え、そうなの？」

　エルシィは僕の言葉が予想外だったようで、目をまんまるに見開いた。

　僕はソファから背中を離して少し前のめりになり、エルシィにも金属がよく見えるようにする。

「いいか。確かに金ぴかで価値がありそうに見えるが、よーく見てみろ」

　ルーペをエルシィに手渡して、物体の表面のある一部分を指さす。

「あ、なんか、なんだろこれ。ここだけ黒い」

「だろ？　あと、裏にも同じようにいくつか黒い部分がある」

僕はエルシィからルーペを回収して、言葉を続けた。

「よく見ると、これは外側から削れてるんだよ。金色の部分が削れて、黒色が露出してる。つまり」

「外側から何か塗ってあったってこと？」

「その通り。金がとれなかった昔の文明では、金色の塗料で王家の家財を飾っていたっていう記録もある。おそらくその名残（なごり）かなにかだ」

僕の言葉を聞き終えると、エルシィは露骨にがっかりとした様子で肩を落とした。

「なぁんだ……じゃあほんとにただの石ころか」

「そうなる。僕に見せたところで結果は一緒だったな」

今回のこれに関しては、僕の知識が役に立った、というわけでもない。

表面が少し削れていることからその正体を推測することくらい、ある程度洞察力のある人間ならば誰でもできることだ。

彼女はその洞察力がなかったが故（ゆえ）に、わざわざこんなところまでやってきて、とんだ無駄足を踏んだというわけだ。

休日を邪魔されたということもあって、少し気分が良くなった。我ながらひどい性格をしていると思う。

「まあ、そういうことなら仕方ないか。じゃあ……はい」

エルシィは唐突に、衣服のポケットから一枚金貨を取り出して、僕の方にスッと差し出した。

意味が分からず、硬直していると、エルシィは首を傾げた。

「ん？」

「いや、ん？　ではなくて」

僕は眉を寄せてエルシィに尋ねる。

「なんだこの金貨は」

「え、いらないの？」

「いや、何、何の金貨だよこれは！　なんで僕に差し出してるの！」

新手の詐欺か何かか。

これを手に取ったら突然ダンジョンに連れていかれるとかそういうことなんでしょう！

分かってるんだからな。

僕の質問に対して、エルシィは質問の意図が分からない、と言ったような顔でさらに首を傾げた。

そして、当たり前のように、言った。

「え、だってこれがお金にならないってこと教えてくれたじゃん」

その発言に、再び僕の思考はフリーズする。

そして、すぐに高速で回転しだした。

「いやいや、金にならないって分かったんだろ？　それなのに僕にこんなの渡したらお前が損するだろうが」

「でも、教えてくれなかったらあたし納得できなかったし」

エルシィは僕の反論に対しても、あっけらかんとして答えた。

「それに、これからはちゃんと表面見て、傷がついてるかとか確認すればさ、自分で価値を判断できるでしょ。だから」

エルシィは再び、力強く僕に金貨を差し出してきた。

「これは情報代」

「お、おう……」

納得できたわけではないが、エルシィは言いだすと聞かないタイプなのはもう知っている。

今回は、ありがたく受け取っておくことにした。

「今日の晩御飯は贅沢したら？」

「貯めて本を買う」

「うわ……」

露骨にドン引きされるとさすがの僕も傷ついちゃう。

美味しい飯よりも新しい本の方が欲しいんだもの。仕方ないじゃないか。

とはいえ、エルシィの用件も思っていたよりさっさと片付いてしまった。

あとはこいつを追い払って再び読書に打ち込むだけだ。

「用は済んだろ？　帰った帰った」

僕が言うと、エルシィはそこでスッと動きを止めた。

そして、横目で僕を見る。

嫌な、予感がする。

「もう一つ、あるんだけどさ」

そらきた！

大体こいつがこういう切りだし方をするときは、そのあとの展開は読めている。

「ダンジョンには行かないぞ」

「まあまあ、聞いて聞いて」

「絶対に嫌だ!!」

もう二度とダンジョンには行かない！

何度目かも分からない誓いを昨日、立てたのだ。

今度こそこの誓いを守り抜いてみせる。

「あのね、洞窟の六層の壁に、突然大穴が開いてさ」

「聞きたくない!!」

「その中に、明らかに前時代の遺物っぽいものがごろごろ転がってたんだけど」

「へー！　そりゃすごい！」

「一つ一つが大きすぎてさ、持って帰ってくることができなくてね」

「大変だなぁ」

「それが何なのかが分かって、価値のあるものだと証明されれば、商人たちが魔車（ましゃ）を使って運び出してくれるって言うんだけど」

最後まで言われなくとも、文脈から言いたいことはとっくに読み取れている。

しかし、僕の気持ちは変わらない。

「お願い！　一緒に来てほしいの」

「嫌だ」

「アシタしか頼れる人がいないんだよぉ」

「ご愁傷様（しゅうしょうさま）」

聞く耳持たぬとはこのこと。

一瞬でも甘さを見せればそこにつけこまれるのだ。

もうこいつの口車には乗らない、絶対にだ。

僕の頑固な態度を見てか、エルシィもついにぐっと黙り込んでしまった。

よし、そのまま諦めてしまえ。

僕でなくても、適当な考古学者を連れていって、いい感じに鑑定してもらえばいいのだ。

エルシィは神妙な面持ちで、腰に付けた布のポーチをまさぐった。

分かるぞ。追加で金をちらつかせようって魂胆だろう。

ちょっと情報が売れなくなってきてた頃にそれをやられて、僕はダンジョンに連れ出されたことがある。もう同じ手は食わない。

「来てくれたらこれあげよっかなって思ってたんだけど……」

ポーチから出てきた品物を見て、僕はソファから飛び跳ねるように立ち上がった。

「古代エルフ文明史書!?」

初めて実物を見た。実在するかも怪しいと言われていた非常に貴重な文献だ。

「ちょ、ちょっと見せてくれないか……」

僕が手を伸ばすと、エルシィは本をサッと自分の後ろに隠す。

そして、いたずらっぽい笑顔で、言った。

「ヤダ♡」

この女……！

甘く見ていた。まさか本を餌に僕を釣ってくるとは、こいつにそこまで考えられる頭があるとは思っていなかった。

しかも、よりによって、あの『古代エルフ文明史書』である。

今まで多くの文明史書を読んできたが、絶滅したと言われている『エルフ族』について詳しく記してある本は一冊もなかった。

様々な文献から少しずつの情報を得ることはできているが、情報がすべて曖昧で、かつ断片的なのだ。

つまり僕は『エルフ族』という種族について多くのことを知らない。

今、エルシィの手元にあるその本が、僕の求めている知識を補完してくれることは間違いなかった。

「ひ、卑怯だぞ……」

「んふふ、交渉ですから」

エルシィはそう言って、ウィンクしてみせた。

悪魔め……。

「で、どうするの」

エルシィは僕に考える時間を与えまいと、決断を迫ってくる。

「来るの、来ないの」

ダンジョンには行きたくない。

本屋から出たくない。

しかし……

「………分かった、行こう」

その本は欲しい！！！！！

惨敗である。

昨日立てた誓いは、儚くも一日で破られることとなってしまった。

「まいど。じゃあ、明日、昼前にイシス二番街の噴水前に来て」

エルシィはにこっと笑って、そう言った。

それを聞いて、即座に疑問が浮かび上がる。

「ん？　洞窟に行くんだろ？　なぜわざわざイシスで待ち合わせるんだ」

イシスは洞窟ダンジョンの北にある中規模街だ。

冒険者の集う『ギルド』などがある街で、冒険者の立ち寄りどころとしては有名な街だが、

そこに僕が行く必要性が分からない。

僕の問いに対して、エルシィは呆れたような笑いで返した。

「いや、だって今回行くの、第六層だよ？」

エルシィの言葉で、僕はハッとした。

洞窟ダンジョンは、どんどんと地下へと潜ってゆく『階層構造』になっていることが分かっている。それはこのダンジョンがはるか昔に人為的に作られたことを意味しているとも言えるが、現状、ダンジョンの最下層へとたどり着いた者はいないとされている。

層が下がれば下がるほど、人間の手の届いていない場所となり、必然的にそこは強力な魔物

の巣窟となる。

　昨日潜ったのは洞窟ダンジョンの第一層である。比較的下級の魔物のみしか棲息しておらず、冒険者の危険度は非常に低い。

「それでさ、第一層で……ふっ……あの様子だったわけじゃん」

　失笑を交えたエルシィの言葉で、僕は彼女の言わんとしていることを理解した。

　その通りだ。僕は第一層ですら安全に歩けないほどの戦闘能力しかないのである。

「ゴブリンに殺されかける人を第六層で守り切れる自信ないよあたし」

「はっきり言い切るなよ！　守れよ！」

「だから……」

　エルシィは人差し指をぴしっと立てて、僕に言った。

「明日は防具を作りに行くよ」

　防具……。

　自分とは無縁の存在だと思っていた単語が飛び出して、僕は気持ちがどんどん萎えてゆくのを感じた。

「僕、冒険者じゃないんだけど」

「死んでもいいなら作らなくてもいいけどさ。死んだらエルフ……うんたらかんたらって本読めなくなっちゃうよね」

エルシィの言葉で、ぐっと言葉が喉に詰まるのを感じた。

こいつ、だんだんと僕の急所を理解し始めている……？

「……分かったよ」

「よろしい」

エルシィは満足げに頷いて、カウンターの前で踵を返した。

「じゃ、明日の昼前ね。ちゃんと来るんだよ」

「おい、待て」

何を普通に帰ろうとしているのだこの女は。

エルシィは不思議そうな顔で振り返って、首を傾げた。

「ん？」

「本」

僕がエルシィに手を差し出すと、エルシィは「あー」と理解したように頷いた。

そして、悪魔的な笑みを浮かべて、言った。

「後払いね」

人間の、目のついている位置からして、自分で自分の表情は見ることができないが。

おそらくこの時の僕は、この世のすべての悲しみを集めたような顔をしていただろうと思う。

第二話　防具を買うくらいなら本を買いたい

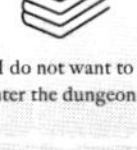

待ちぼうけとはこのことだ。

昼前にイシス二番街の噴水前、と言われて来てみれば、時間を指定した本人が大遅刻である。

もしエルシィが遅れてきた時のために、と本を一冊持ってきていたのは正解だった。

その判断は正しかったが、もう少し用心すべきだったと後悔する。

二冊、持ってきておくべきだった。

一周目をすっかり読み終えてしまって二周目に突入しようかと考えたが、数行読み進めたところで『待たされている』という状況に対するイラつきが読書への集中を邪魔した。

本をぱたりと閉じて、ため息をつく。

噴水の縁に腰掛けて、噴水前の広場をぼんやりと眺めていると、そこには様々な種類の人間が行き交っていた。

商人や冒険者、街の住人など。

服装でその違いを大まかに判別することができる。

最も分かりやすい特徴があるのは、やはり冒険者だ。

彼らはギルドに集まり、そこで依頼を受注するという流れが一般的だが、それとは別に個人で突発的に発生した依頼を受けることもある。

たとえば、魔物が街道を塞いでいて、その先に進みたい商人が立ち往生していたとする。そこにたまたま冒険者が通りかかり、その魔物の討伐を請け負う、といった流れだ。

そういった依頼をスムーズにこなすためには、パッと見て「あれは冒険者だ」と分かる服装をしているのが手っ取り早い。

そのため冒険者はたいてい、「戦闘ができるぞ」とアピールするように、防具や自分の武器を身に着けたまま街中を歩いているのだ。

それに対して、商人は比較的、判断がつけづらい。

パッと見の印象が一般住民とあまり変わらないからだ。

しかし、よく見ると服の素材が他と違ったり、刺繍が近辺であまり流行っていないものだったりと、明らかに他の土地の文化の影響を受けているのが見て取れることがある。そういう服装を好んで着ているのは、大抵商人である。

……と、行き交う人々を観察して暇をつぶしているのだが。

一向にエルシィが現れる気配はない。

前を見ても、横を見ても……

自分の真横に、もしゃもしゃと何かを貪りながら、座ってこちらを凝視している人物がいた。

「おい、何食ってんだお前」

「ウルフ肉サンド。食べる？」

「食べる？　じゃないんだよ。何か言うことあるだろ」

いつの間にか隣に座っていたのは僕を呼び出した張本人、エルシィであった。

エルシィは大げさに後頭部をぽりぽりと掻くジェスチャーをして、舌をペロリと出した。

「ごめん、寝坊しちゃった」

「何時間待ったと思ってんだ！」

「ごめんごめん、残り全部あげるよ」

「いらねぇよ」

ぐいと差し出されたウルフ肉サンドを押し戻す。

そもそも、遅れてきたのにそんなものを買って悠々と食べているんじゃない。

いつもいつも思うことだが、こいつからは僕に対する敬意がまったくもって感じられない。

睨みつけるようにエルシィの方に改めて視線をやって、気付く。

「……今日は随分とラフな格好なんだな」

エルシィはいつもの灰色のツナギの上に軽い革製の防具をつけた、というような冒険者らしい恰好とは打って変わって、今日は袖のないぴっちりとしたインナーの上にダボっとした半袖の白いシャツを着て、尻の下のラインくらいまでしか丈のないズボンを穿いていた。

「ん？　まあ、今日はダンジョンに行くわけでもないしね」

エルシィはそう言って、残りのウルフ肉サンドをもぐもぐと口に詰め込んだ。

いつもの冒険者の装いだとあまり気にならないが、こうして白い服を着られると、彼女の髪の色の美しさがよく分かる。

風が吹くと、透き通るような金色の髪がさらさらとなびく。

エルシィの僕に対する様々な横暴は許しがたいが、彼女の髪は素直に綺麗だと思った。

「なに？」

僕の視線に気付いてか、エルシィがこちらをまじまじと見て、首を傾げた。

「別に……」

一人で照れくさくなり、エルシィの視線から逃げるように顔を逸らす。

髪のことだけを言及したが、実を言うとエルシィは顔の造形も悪くない。

いや、悪くない、と言うのはだいぶ控えめな言い方である。

端的に、可愛いと言えるだろう。

鼻のスッとしたラインとは対照的に、蒼色の瞳はくりくりとしていて愛嬌がある。そして、小さな口。

とにかく、顔のパーツの配置のバランスが良いのだ。

こんなに具体的に観察していると誤解されてしまいそうなので最初に断っておくけれど、可愛いといっても僕の好みの顔というわけではない。

彼女に好意を寄せているなどということはまったくないし、今後もその予定はない。

単純に、客観的に見た、一般的な価値観での、『可愛い』である。

くれぐれも誤解しないように。

とは言っても、やはりそれなりに可愛らしい女の子にじっと見つめられるのは僕も照れくさいのである。

「で、防具屋ってのはどこにあるんだ？」

僕が訊くと、エルシィは苦笑交じりに言葉を返してくる。

「薄々そうだろうなとは思ってたけど、防具屋の場所も知らないんだね」

「冒険者でもないのに防具屋の場所なんて知るかよ……」

「こっち」

エルシィがくいくいと指を曲げて、ついてこい、というふうにジェスチャーする。

慣れない街を、彼女の後ろについてのろのろと歩いた。

×　×　×

「じゃ、とりあえず脱いで」

「は？」

聞き間違いだろうか。

防具屋に着いて、店主に簡単な事情を説明すると、手早く防具を作ってくれるという話でまとまった。

そして、その直後の、この発言である。

「ほら、早く」

「いやいやいや、なんで脱ぐ必要があるんだよ」

僕が反抗すると、店主は訝し気な表情をする。

「いやだってあんた、そんなもこもこな恰好してたら、防具のサイズ測れないだろ」

「もこもこって……」

自分の服装を見下ろす。

上半身は、布にかなり余りのある長袖のシャツを着て、下は股の位置が固定されないだぶだぶのズボンを穿いていた。

この服装は明確な〝ねらい〟があって選んだものだが、そうか……これは一般的には『もこもこ』と言われてしまうのか……。

「脱がないとダメか？」

「防具作るならなぁ」

「この上から着けられる防具を作るっていうのは？」

「あんたそんなだぼだぼなかっこでダンジョン行く気か？　危ねぇだろ」

危ない？

今まで同じような格好でダンジョンに潜ることがあったが、冒険者には何も忠告されなかったぞ。

エルシィの方を見ると、そっぽを向いて、へたくそな口笛を吹いている。

あいつ……面倒だからって黙ってやがったな。

「まあ、そういうことなら……」

正直に言って、服は脱ぎたくない。

だが命を守るためにはしょうがないことなのだ。

渋々、上半身に身に着けていたシャツを脱ぐと、防具屋の店主はぎょっとしたような顔をした。

「ほっそ！！！」

後方で待機していたエルシィが大声を上げる。

「うるせぇ！　自分でも分かってんだよ！」

「いや、骨じゃん！　骨に皮がついてるだけじゃん！」

「というか異性の半裸をまじまじ見るんじゃない！」

しっし、と手を払うようなジェスチャーをすると、エルシィはしぶしぶ、こちらに背を向けた。

防具屋の店主も絶句している。

「……あの、測るんじゃ？」

「あ、ああ、そうだったな」

僕が催促すると、店主は我に返ったかのように細い糸を取り出した。

まず、胸に糸をぐるりと巻き付け、一周したところに印をつける。

「……こんなに貧弱な身体してるやつが防具を買いに来たのは初めてだな」

「そうでしょうね……」

『貧弱』という言葉が僕の胸を貫通していった。

そう、僕の身体は細い。本当に、細い。

小さいころから運動などほぼしたことがなく、とにかく本ばかり読んで過ごしてきた。

身体を動かさないから大したエネルギーも必要なく、比例するようにどんどん小食になっていった。

そして、その結果がこれである。

この身体の貧弱さを隠すために、僕は基本的に身体のラインが出てしまうような服は着ないことにしていた。

しかしこんなところで服を脱がされる羽目になるとは……。

しかもよりにもよって、それを女の子に見られてしまった。屈辱的である。

「あんた、ダンジョンになんて潜らない方がいいんじゃないか？」

「僕もそう思います！！！」

でもこの女がね！　連れ出そうとするんです！

振り向くと、またもやエルシィはそっぽを向いている。

上下ともに採寸を終えたところで、店主は悩まし気にため息をついた。

「そうだな……ここまで筋肉がないとなると、プレート系の防具は無理だな」

「なんか、すまん」

「革の防具なら……さすがに大丈夫だよな？」

「甘く見すぎでは!?」

革製の防具の重さにも耐えられない身体だと思われている!?

……いや、無理もないか。

「まあとりあえず作ってみるが……」

店主はそこで言葉を区切って、横目で僕を見る。

「どうして冒険者でもないのにダンジョンに？」

まあ、そう思うのが自然だと思う。

重ね重ね言っていることだが、僕だってダンジョンに行きたいわけではないのだ。

「アシタがいないと分からないことだらけだからね」

後ろで暇そうにしていたエルシィが、口を挟んでくる。

エルシィの発言を聞いて、店主はぴくりと肩を震わせた。

「アシタ……もしかして、あんたがアシタ・ユーリアスか？」

「え、そうだけど」

「おお！　そうかそうか！　あんたが！」

え、どうして僕の名前を知ってるんですかね……こわい。

困ったようにエルシィの方を見ると、エルシィは呆れたように笑った。

「アシタはいつも本屋に引きこもってるから知らないだろうけど、君、結構有名人なんだよ。分からないことはあいつに訊けばたいていなんとかなるって」

「ええ……」

確かに、最近は明らかに遠くから訪れてきたように見える客が増えたとは思っていた。

情報の売買は洞窟ダンジョンの攻略に向かう冒険者を狙ったものだったが、まさかイシスにまで噂が広まっているとは……。

「そういうことなら、絶対に安全な防具を作ってやらないとなぁ」

「その人、この前ゴブリンに殺されかけてたからね」

やる気を出していた店主だが、エルシィの言葉でぴたりと動きを止めた。

「……比較的安全な防具を作ってやらないとな」

「おい、保険をかけるな、保険を」

冗談だ、というように店主はくつくつと笑って、その間にもさっさと革の準備を始めていた。

作業を始めてからの手際はさすが職人、と感心せざるを得ない。

店主は無駄のない洗練された動きで、あっという間に革製の防具を完成させてしまった。

「……防具ができるのを待っている時間よりも、誰かさんを待っている時間の方が長かったのでは」

「ンッ、ン～、ジッ」

へたくそな咳払いで隣のエルシィがごまかす。

「ほれ、完成だ」

「どうも」

店主から防具を受け取る。

思ったよりずっしりとしていて、なるほど確かに、これなら魔物の爪程度なら防いでくれそうだ、という安心感があった。

「それで、お代だが」

「ああ、それなら」

ちゃんと持ってきた。

自分の鞄から紙幣を取り出そうとすると、エルシィがぐいと僕を手で制した。

「なんだよ」

ムッとして尋ねると、エルシィは無言のまま、突然自分のインナーに手を突っ込み、胸元をまさぐった。

この光景、つい昨日も見た気がする。

そして、すぐに引き抜いて、中からひとかけらの鉱石のようなものを取り出した。

「これでいい？」

「ん……？」

エルシィが手の中のそれを店主に差し出すと、店主は食い入るようにそれを見つめて、すぐに驚いたように目を見開いた。

「こりゃ、アダマンタ鉱石じゃねえか！」

「欲しがってたでしょ」

「どこでこんなもの……」

興奮した様子で店主は鉱石を受け取った。

アダマンタ鉱石、それは北方の山脈でのみ採れるとされている、この世で最も硬度の高い鉱石だ。

その強靭な特性から、上質な防具や武器を作るのに重宝され、かなりの高値で取引がされている代物だ。

しかし、エルシィと、アダマンタ鉱石……この二つに何か引っかかる関係性を感じる。何か記憶に残っているような……。

深く考え始めて、すぐに、思い出す。

「あ」

そういえば、以前にエルシィがふらっと店にやってきて、

「北の山脈で採れる、もんのすごく硬い鉱石って何だと思う?」

と訊いてきたことがあったのを思い出した。

そうか、あの時すでにこれを採って帰ってきていたのか。

僕の視線に気付いて、エルシィはぺろりと舌を出してみせた。

「もう大きいほうの塊は売っちゃったからさ。これはおじさんにあげる」

「いや、しかし革の防具一式とアダマンタ鉱石じゃあまりに釣り合わねえよ。お釣りもいくら渡したらいいのか分かりゃしねえ」

困ったように店主が頭を掻く。

しかし、顔には明らかに「欲しい」と書いてあった。

エルシィはその返事も想定済みというふうに、にこりと笑って言う。

「じゃあついでに、アシタの冒険用の服も作ってあげてよ。それがお釣りでいい」

彼女が言うと、店主は一瞬きょとんとする。

そして、すぐにすべてを理解したように笑みを浮かべて、力強く頷いた。

「お安い御用だ」

さっそく頑丈そうな布を引っ張り出してきて作業を始める店主を横目に、僕はエルシィに声をかける。

「おい。いいのか」

「ん？　何が？」

「何がって、お前」

エルシィが店主に渡したのは、掌に収まる程度のサイズのアダマンタ鉱石だが、あれくらいの大きさでも十分な価格で売却することができる。

ここで鎧の代金にしてしまうにはあまりにも釣り合いが取れていないように思えた。

「採算がとれてない。それに、これ全部俺の防具だろ。なんでお前が」

僕の言葉を、エルシィは人差し指で僕の唇を押さえて遮った。

「あたしはね、価値のあるものにはちゃんと対価を払うことにしてるの」

エルシィはそう言って、肩をすくめた。

「この防具屋には駆け出しの頃からずーっとお世話になってるんだ。だから、彼がずっと欲しそうにしてた鉱石だし、別にあげちゃってもいいかなって」

「あげちゃってもいいかな、ってお前な……」

「それに」

エルシィは僕を横目でじっと見る。

「きみも、きみが思っている以上に、あたしにとってすごく価値がある」

「え……」

エルシィは僕から視線を逸らして、投げるように力を抜いて、言った。

「だから、きみを連れ出すためのお金ならいくらでもかけるよ」

「……そうか」

正直、彼女の言わんとしていることは僕にはあまり理解ができない。

どういった意味で『価値がある』と言っているのかも分からない。

ただ、ここでそれを訊いてしまうのはあまりに野暮(やぼ)だというのはさすがに分かった。

こいつは時々、何を考えているのか分からない。

浅はかな発言や適当な行動を繰り返したと思ったら、急に真意の分からない、深みのある言動をする。

そこが彼女の腹立たしいところでもあり、悔しいが、魅力でもあると思った。

×　×　×

「あっはっは！　に、に……似合ってなさすぎ!!　ふっ……くっくっ」

店主が完成させた衣服に袖を通して、その上から鎧を装着すると、エルシィはそれはもう大はしゃぎだった。

「こんなに、冒険者の恰好が似合わない人……ぷっ、くくっ……初めて見たよ」

もうダメ、としゃがみ込みながら、くつくつと肩を震わせるエルシィ。

そんなに可笑しいか。

振り返ると、店主もこちらから顔を背けてぶるぶると全身を震わせていた。

作った本人も大ウケである。

「そ、そんなに変か？」

自分では自分の恰好を客観的に見ることはできない。

ソワソワとしながら尋ねると、店主が大きな鏡を持ってきてくれた。

鏡に映った僕は、なんというか。

貧弱だった。

いや、確かに防御力は高まったように見える。明らかに普段の服装よりは強度も上がって見えるし、幾分か冒険に出られそうな雰囲気もただよっている。

しかし、やはり僕の身体は細かった。

動きやすさを重視した、比較的ぴったりとしたツナギのような服の上から、革製の防具を胸、腰、脛に装着している形だが、身体の線が細すぎて、藁でできた人形に防具をかぶせたようなふうにしか見えない。

「……カカシみてぇだ」

僕が呟くと、再びエルシィと店主が大いに噴き出し、数分の間、二人にくすくすと笑われ続けるという惨めな状況を味わうこととなった。

防具を作れば、少しだけでも冒険に向かうモチベーションが上がるかもしれないなどと思ったりもした。

しかし、現実はやはりそうではない。

やっぱり僕はダンジョンになんて行くべきではない。

強くそう思った。

第三話　作戦はもっと綿密に練ってほしい

「と、いうわけで。今回はパーティーを組むことにした」

洞窟ダンジョンの前。

具体的に言うと、僕の家から数歩くらいの場所で、エルシィが言った。

そして、その隣には二人の冒険者が立っている。

片方は大剣を背中に担(かつ)いだ大男、もう片方は白いローブに身を包んだ女性だった。

え、なに、聞いてないんですけど……。

「これが昨日教えたアシタね。本が大好きで知識がすごいやつ。はい二人とも自己紹介して、自己紹介」

エルシィは最初から段取りを立てていたというようにテキパキと二人に僕を紹介した。

テキパキ紹介するのは良いのだが、あまりにも紹介が適当すぎないかと思う。

エルシィの催促で、まず大男が僕のほうへ一歩足を踏み出してきた。

「俺はラッセル・ノイマン。剣士をやってる。よろしくな」

ああ、分かる。剣士やってそうな顔してる。

というか後ろに剣見えてるしな。

もう少し言われなきゃ分からない情報を開示してくれてもいいと思う。

ラッセルと名乗った男は、袖（そで）のないぴっちりとした素材の衣服を上半身にまとい、下は膝（ひざ）くらいまでしかない頑丈そうな素材のズボンを穿（は）いていた。そして、その上から金属製の胸当て、小手、脛当（すねあ）てを装備している。

どこからどう見ても剣士。お手本のような剣士が目の前にいた。

ラッセルがごつごつした手を差し出してきたので、僕もそれに応（こた）える。

ラッセルの手をぎゅっと握り、熱い握手を交わ痛い痛い痛い痛い痛い！！！！

強く握りすぎだ馬鹿！

指がへし折れるかと思った。

しかしこの間僕は真顔である。鋼（はがね）の精神で、痛さが表情に出るのを堪（こら）えきった。

握手ごときで痛がる貧弱な男だと思われては困る。僕にだってプライドがあるのだ。

握手を終えると、次に後ろでおろおろとしていた女性が前に出てくる。

「あ、あの……アルマ・ナカジマです。聖魔術師（プリースト）です。よろしくお願いします」

冒険者業界では、名前と職業だけの自己紹介が主流なのだろうか。

何度も言うが職業は格好を見れば一目瞭然（いちもくりょうぜん）なのである。言うならもっと別のことの方が良い

のでは……。

と、小言のような思いが脳内をよぎったが、ある一点が気になり、思考を切り替えた。

「もしかして極東地域の出身か？」

「えっ……どうして分かるんですか？」

「ナカジマっていう響きはこっちの地方ではあまり聞かないからな。極東の特定の島の言語でそういった響きがあったのを思い出しただけだ。合ってたか？」

「すごいです！　その通りです！」

先ほどまでオロオロとしていたアルマは表情を明るくして、少しはしゃいだような様子だった。

自信なさげにうつむいていた時はあまり気にならなかったが、こうして微笑んでいると、ものすごく可愛い女の子だ。

綺麗な黒髪が肩甲骨の下あたりまですとんと落ちている。

少し切れ長の目に、丸いちょこんとした鼻、そして小さめながらみずみずしい唇。

目の下あたりにあるホクロも相まって、大人びた雰囲気と可愛さの同居した、『可憐』な雰囲気が彼女からは漂っていた。

そして、そういった容姿の雰囲気とは相反して、表情は子供らしくコロコロと変わり、そのギャップもまた可愛らしい。

こうして少し過剰なほどにアルマを観察している間も、僕は真顔である。

鋼の精神で、ちょっと可愛い聖魔術師に対して表情筋が緩んでしまうのを堪えた。

女の子にすぐデレデレする男だと思われては困る。僕にだってプライドがあるのだ。

「私の故郷のことを話しても、ほとんどの人が理解してくれなくて……話してもいないのに気づいてくれる人なんて初めてです！」

アルマは頬を赤くしながら興奮気味にそう言った。

可愛い。

「でも、実際に極東に行ったことがあるわけではないからな。今度くわしく極東の話を聞かせてくれよ」

「はい！　是非！」

嬉しそうに笑って、アルマはぶんぶんと首を縦に振った。

可愛い。

「自己紹介、そんなもんでいい？」

待ちくたびれたというようにエルシィがぴしゃりと言う。

「そろそろ作戦を考えよう」

言ってすぐにエルシィはその場にしゃがみ込んで、短い木の枝を使って地面にサッサと何かの図を描き始めた。

「目的地はダンジョン第六層の、一番奥」

　エルシィは地面に描いた大きな四角形を六つの区画に分けて、一番下の区画に星印をつけた。

「四層くらいまでは大した魔物は出ないから、基本的にあたしとラッセルで処理する形で進んでいくよ」

　上から四つの区画にバツ印をつけるエルシィ。

　おいおい、そんなアバウトなことで良いのか。

　ラッセルも「おう、分かったぜ」なんて言っている。本当に分かっているのか。脳みそにも筋肉が詰まっていそうな顔をしているが。

「それで、五層から下は、何か不都合が起こると、誰かが怪我(けが)する展開になるかもしれない。そうなったらアルマの出番ね」

「は、はい！　任せてください……」

　アルマもアルマで、本当に任せていいのか不安になるほど尻下がりの声のトーンで返事をした。

　基本的に自信がない性格なのだろう。可愛い。

「今回の探索で最も重要なのは、アシタを無傷で六層まで連れていくこと。そして、六層にある前時代の遺物の正体を特定すること」

　エルシィが地面に何やら顔のようなものを描いて、上に『あんぜん』と付け加えた。

え、なにそれもしかして僕？　その顔みたいなの僕？

僕も自分の顔に自信があるわけじゃないけど、そこまでひどい顔はしていないと思う。

「アルマは、五層以降は常にアシタの援護に回って。あたしとラッセルの怪我は多少なら治癒しなくてもいいから」

「え、でも」

「いいから」

エルシィは少しきつめにはっきりと言いきる。

アルマは少しびくりと肩を震わせてから、首を縦に振った。

「分かりました……」

アルマの悲しそうな表情を見て少し僕の胸が痛む。

すまない、僕が貧弱なばかりに。

「まあ、作戦はこんなもんかな」

地面に図を描き終えたエルシィが木の枝を放り投げて、けろっとした様子で言った。

「……え、終わり？」

思わず声を出してしまう。

「え、他に何決めるの」

「いやもっと具体的にこう……いろいろあるだろ！」

「いろいろって？」

エルシィは心底不思議そうに僕を見てくる。

ま、まじかよ……これが冒険者の作戦会議か。

作戦とも呼べないような取り決めだけして終了してしまうのか。

しかし、僕も冒険のプロというわけではないから、これ以外に具体的にどんなことを決めれば良いのかは提示することが出来ない。

「まあ、大丈夫ならいいんだけど……」

なんとも頼りない言葉を吐いて僕は引き下がる。

「あ、作戦名決めてなかったや！」

急にポンとエルシィが手を叩いて言った。

え、そこ？

「ああ、そういえばそうだな！」

ラッセルも妙に嬉しそうにうんうんと首を縦に振った。

そこそんなに重要なんですかね。

「アシタさん防衛作戦……なんてどうでしょうか」

アルマもおどおどとしながらも妙に乗り気でそう言った。可愛い。

「お、いいねそれ！　それでいこう！」

いいのか。

エルシィは満足げに頷いて、投げ捨てた木の枝をもう一度拾って、図の上に大きく『アシタ防衛作戦』と書き加えた。おい、『さん』が消えたぞ。

「よし、じゃあ決めること決めたし、ダンジョン行こうか」

エルシィがそう言って他の三人を先導するように歩き始める。

本当にこれで出発してしまうのか……。

意識の差というか、文化の差というか、冒険者と自分の考え方の差異を改めて思い知らされつつ、僕はダンジョンの入り口へと向かった。

「二度と来ないつもりだったのにな……」

小さな声で呟いて、憎き、ダンジョンの入り口を睨みつけた。

「さ、早く行くよー」

僕の心境などまったく気にも留めていない様子で、エルシィがさっさと歩みを進める。

アルマもその後にオロオロとついていった。

僕は未だに足を進められずに、まごまごしていると、隣にラッセルがぬっと現れた。

「まあ、大船に乗ったつもりでどっしり構えとけや！」

そう言って、彼は僕の背中をバシッと力強く叩いた。

きっと僕を元気づけようとしてくれたのだろう。それは分かる。

しかし、僕の背中がバシッと音を立てるのと、僕の背骨がグキッというのは、おそらくほぼ同時だったと思う。

「アェッ……」

おかしな声が漏れ、僕はその場に崩れ落ちた。

やばい。おそらくだが、背骨にヒビが入った。

背骨の継ぎ合わせがおかしなずれ方をしてしまったようで、上手く呼吸ができない。

息を吸えるのに、吐けない、というような状態に陥ってしまい、僕の喉はヒューヒューと音を立て始める。

なすすべなく、僕は地面の上で横向きに倒れ、絶命寸前の虫のように痙攣を始めた。

「お、おいどうした……大丈夫か」

背中を叩いた張本人のラッセルも、僕の挙動に異状を感じたようで、うずくまる僕に慌てて寄ってきた。

全然大丈夫ではない。息が出来ない。

僕が苦しんでのたうち回っていると、先にダンジョンに入っていったエルシィとアルマが戻ってきた。

「何してんの、早く行……え、アシタどしたの」

エルシィも慌てて駆け寄ってくる。

僕は息苦しさをなんとか堪えながら、地面に指で文字を書く。

『やばい』

読書で培(つちか)った大量の語彙(ごい)も、身体の異状の前ではまったく役に立たない。

パニックに陥(おちい)りかけている脳内から必死に絞り出した言葉がこれだった。

「アルマ！　ヒール！　ヒールして！」

「は、はい！」

アルマが僕の身体に手を当てて、あたたかい魔力を注入してくれたのを感じる。

少しずつ、背骨の痛みが引き、息も吐けるようになってきた。

ま……魔法のチカラってすげー！

改めて思い知らされた。

この世界には『魔法』という一種の技のようなものを体得した者たちがいる。

魔法といってもひとくくりではなく、源流から派生まですべて書き記すと途方もないので割愛するが、今目の前にいるアルマが行使しているのは、一般的に『聖魔術』と呼ばれているものだ。そして、その『聖魔術』を操る者は、冒険者の間では『聖魔術士(プリースト)』と呼ばれる。

聖魔術というのは、簡単に言ってしまうと『奇跡』を操る魔術だと言われている。

僕は今、ヒビの入った背骨を、アルマの魔術によって『奇跡的に、ヒビは入らなかった』という事象に書き換えてもらっている、というのが一番分かりやすいと思う。

しかしその『奇跡』という概念にも諸説あり、聖魔術が純粋に『奇跡』を操ってこのような回復効果をもたらしているのかどうかは今でも有識者の間で議論が続けられている。

ようやく普通に呼吸ができるようになり、僕は深いため息をついた。

「……死ぬかと思った」

僕がようやく人間らしい音声を発すると、他の三人も安堵したようにほっと息をついた。

「来ないからどうしたのかと思って戻ってきたらこれだもん……何したわけ？」

エルシィがぎろりとラッセルを睨む。

ラッセルは慌てて両手をぶんぶんと身体の前で振った。

「な、なんもしてねぇよ！　ちょっと活を入れてやろうと思って背中を軽く叩いてやっただけで」

「いや馬鹿力のラッセルがそんなことしたらアシタの背骨なんて粉砕しちゃうに決まってるでしょ！　馬鹿なの！」

いや粉砕まではされてねぇよ。ちょっとヒビ入っただけだよ。

「い、いやでもさすがにこんなことになるとは予想できねぇって……」

「ちゃんと見て!!」

エルシィは僕を立たせて、肩をがしっと掴む。

そして高らかに言った。

「防具着てても、これだよ!!　転んだだけでも死ぬやつだと思っといて!!」

なんだろう、ものすごく恥ずかしい。

おそらくエルシィは純粋な気持ちでラッセルに忠告しているのだと思う。

でも、当の僕はものすごく恥ずかしい。

そして、何かラッセルにも申し訳ないことをしている気持ちになってきた。

すまない。貧弱で本当にすまない。

「あ、あのー……」

黙って聞いていたアルマがおずおずと手を上げた。

「なに？」

エルシィが首を傾（かし）げると、アルマは視線を少しうろうろとさせた後に、言った。

「思ってたよりもアシタさんを護衛するというのはだいぶ難易度が高いと思うので、作戦名はグレードを上げて……『アシタさん介護作戦』にするのはどうでしょうか」

作戦名のグレードは上がったが、僕のグレードは明らかに下がった。

エルシィはパチンと指を鳴らして、アルマをびしっと指さす。

「いいね、それでいこう」

もう帰りたい。

第四話　安全に歩きたい

「落とした！　ラッセル！」

「よしきたァ!!」

エルシィの掛け声で、ラッセルが大剣を振るい、目の前の魔物を真っ二つにした。

圧巻だった。

ダンジョンに突入して初めて、僕はエルシィらの『作戦会議』が適当であった理由を思い知った。

現在地は洞窟ダンジョンの第三層。

ゴブリンなどの低級の魔物の数は減り、少しずつ攻撃的な特性を持つ魔物が増えてきた。

たとえば、今身体を縦一文字に断ち切られ地面に転がっているのは、『ヤミクイ』という飛行生物だ。

普段は洞窟の天井につり下がるようにとまっていることが多く、彼らの棲み処を侵しさえしなければ自発的に襲ってくるようなことはない。

彼らの主食は『暗闇』だと言われていて、光の比較的少ない空間から得られる魔力を、自らの体力に変換する機能を持っているのだという。なんとも無害な生物なのである。

しかし、冒険者にとっては、彼らの棲息地が非常に厄介だった。

ヤミクイは棲息する層の『一番奥』に固まっていることが多い、層の一番奥というのはすなわち次の層に降りるための通路がある近辺というわけで、冒険者は先に進もうと思うと必ずそこを通らなければならない。

そういったわけで、僕たちはちょうど今、そのヤミクイの群棲地を抜け、第四層に向かおうとしているところだったのだ。

ほかの歯に比べて明らかに大きなキバをむき出しにしてこちらに向かって飛んでくる六〇センチほどのヤミクイはとてつもない迫力を伴っていた。

僕は怯えてまったく身動きがとれなかったが、エルシィとラッセルの動きは素早かった。

即座にエルシィがヤミクイの翼を矢で射貫き、上手く飛行できなくなったそれをラッセルが大剣で叩き斬る。

まるで打ち合わせをしていたかのような連携に僕はただただ感嘆の吐息を漏らすだけであった。

なるほどこれなら、作戦会議も適当になるわけである。

作戦など立てなくとも、彼女らはこのあたりの魔物の対処法は身に染みているのだろう。

こ、これは……もしかすると。

僕は目を輝かせてしまう。

「今までで一番安全に冒険ができるのでは？」

呟いて、僕は自分の表情が緩むのを感じた。

怪我もせず、安全に過去の遺物を調査できるというならばそれ以上のことはない。

僕もダンジョンに潜るという行為が嫌なだけであって、本で読んだ知識をフル活用して何かを研究するのは嫌いではないのだ。

「よし、今日は少なめだね」

辺りからヤミクイの羽音がしなくなったのを確認して、エルシィは拳をぐっと握った。

すでに十匹前後のヤミクイを撃ち落としていたと思うが、これで少なめとは普段の冒険の壮絶さが窺える。

「今のうちに進んじゃおう」

エルシィが四層へ続く通路をランタンで照らし、安全を確認してから全員を誘導する。

エルシィに続いて急勾配の坂を下ると、また開けた空間へと出る。

通路の端を見ると、腰をおろすのにちょうどよさそうな大きさの岩に、ナイフか何かで字を彫った跡がある。

『第四層』

と書かれていた。

「ここからが四層ね。三層よりも開けた空間が多くて、その分よく動き回るウルフ系の魔物が多いから、アシタは後ろをとられないように気をつけて」

「わかった」

エルシィの指示を受けて、僕はこくりと頷いた。

こういうのを作戦会議で話しておくべきだったのでは……という言葉は飲み込む。

とはいえ、ダンジョンの階層が下がってゆくとともに、他三人の緊張感も高まってきているのを肌で感じた。作戦会議が適当だったことなど、気になることはあるが、少なくとも全員が真剣にこの冒険に臨んでいることだけは僕でも分かった。

三人の仕事はボクを護衛することなのだから、ボクはどっしりと構えていれば良いのかもしれないが、それでも、自分の不注意から三人の足を引っ張ることにはならないよう、気を引き締めなおす。

数歩歩いたところで、
ぐにゃ。

「ん？」

なにかやわらかいものを踏みつけた感覚に、僕は足元に視線を落とした。

そして、

「ファ────ッ！」

反射的に、奇声を発していた。

「なになに!!」

「どうした！」

先行していたエルシィとラッセルが慌ててこちらに振り返る。

僕は咄嗟に数歩後ずさりして、足元にあったそれを自分が持っていたランタンで照らした。

落ちていたのは、『ウルフらしき生物の前肢』であった。

前肢以外の部分はそこにはなく、前肢の付け根から先のみが、血をしたたらせて落ちていた。

僕は深呼吸をして、気持ちを落ち着けた。

「す、すまん大声出して。突然だったからびっくりしただけだ」

ここはダンジョンだ。

ダンジョンの中にも弱肉強食というものがあって、ウルフが何かそれ以上の力を持った魔物に食われていてその残骸が落ちていたって何もおかしいことは……

そこまで考えて、僕はある違和感を覚える。

「エルシィ」

僕が呼ぶと、エルシィも同じことに思い当たっていたようで、こちらが何かを問う前に、僕の求めている答えをはっきりと言った。

「第四層には、普段は、ウルフを食べるような大きさの魔物はいないはず」

その通りだ。

ウルフを引きちぎって食べたとなれば、ウルフより一回り程度は大きい魔物、もしくは武器や道具をつかう知能のある魔物でなければありえない。

第四層ほどの、冒険者にとってはまだ『安全地帯』と認識されているような地点で、それほどの魔物が普段からうろついていることはない。

「血が固まっていないことから考えると、このウルフがやられてからまだ大して時間は経っていないはず……と考えると……」

かなりまずい。

大型の魔物と、こんなに開けた場所で戦うとなると、熟練の冒険者でもそれなりに苦戦を強いられるのではないかと思う。

その上、ここには僕がいる。

ダンジョン内でのお荷物の王者といっても過言ではない、僕がいるのである。

僕をかばいながら戦ったのではエルシィたちも危険な目に遭わせてしまうかもしれない。

「みんな、提案がある」

ここは、全員の安全を確保するための最善策をとるほかない。

僕は顔を上げて、全員の顔を順番に見る。

そして、事の重大さがしっかりと伝わるように、ゆっくりと、はっきりと、言った。

「今日はもう帰ろう」

「却下」

×　×　×

結局、調査は『慎重に状況を判断しつつ続行』という形に決まり、僕はしぶしぶエルシィやラッセルの後ろについて歩いていた。

さすがに、休憩なしで四層まで歩いてくるのは、普段から運動をしない身としては相当なつらさがある。

息が上がってきた。

「疲れちゃいますよね。次の層に着いたら、休憩しましょうか」

肩で息をしている僕を見かねてか、後ろについて歩いてくれていたアルマが声をかけてくれる。

天使かよ……。

「君は優しいんだな」

「い、いえ、そんな……」

僕が言うと、アルマは顔を真っ赤にして、首をふるふると横に振った。

この子、どんな動きしても可愛いな。

「アルマ」

若干（じゃっかん）鼻の下を伸ばし気味にアルマを見つめていたら、先行していたエルシィが振り返って、アルマにぴしゃりと言った。

「あんまりアシタを甘やかさないで」

「あ、ごめんなさい……」

甘やかされてないし！　ちょっと可愛さにあてられてただけだし！

抗議の視線をエルシィに送ると、彼女は面白くなさそうに鼻をスンと鳴らして、また前方に向き直った。

なんだあいつは……。

突然『甘やかすな』などと教育ママみたいなことを言いださないでほしい。

「ん！　ストップ！」

エルシィが急に歩みを止めて、ほかの全員に向けて手をバッと振りかざして、静止するように促した。

そして、そろりと前に出していた足を地面から上げる。

「ここ、こんなに足場悪かったかな……」

エルシィは呟いて、自分の足元を軽く靴の踵（かかと）でコンコンと叩いた。

僕は四層まで来たことが一度もないので、地盤のことはまったく分からないが、普段からここを出入りしているエルシィにはどうも違和感があるらしい。

普段あっけらかんとしている彼女とは見違えるほど、真剣にダンジョンの状況を確認していた。

「いつもこんなもんじゃなかったか？」

僕の数歩ほど前方に立っていたラッセルが、軽く地面を足で踏みつけると、異変はすぐさま起こった。


——ボコッ……

「えっ」

——ガラガラガラ……


そこからはスローモーションのように、すべてがゆっくりに感じた。

ラッセルが地面を踏みつけた直後、なぜか僕の立っている地点に向けてヒビが入り、僕の足元の地面が、割れた。

「あっ」

振り返るエルシィとラッセルがスローモーションで目に映る。

「アシタさん!?」

背後からアルマの悲鳴のような高い声が聞こえたころには、僕は吸い込まれるように割れた地面の中に落ちていた。

×　×　×

「アシタ!?」

私は何が起こったのか分からないままに、ぽっかりと開いた地面の穴に駆け寄ったが、下の様子をまったく見ることができない。

おそらくだが、きれいに一層下に落ちたのだと思う。

アシタの身体で、落下の衝撃に耐えられるとは思えない。

「……ッ！」

焦燥感(しょうそうかん)が胸の中を支配して、私はその穴に自らも飛び込まんとする。

けれどその前に、ラッセルに肩を摑まれた。

「おい！　飛び込む気か!?」

「なんで止めるの!!」

「下の様子も分からないんだぞ！　正気か!?」

「元はといえばラッセルが……！」

言いかけて、すぐに不毛だと口をつぐむ。

今仲間割れをしてもしょうがない。

ラッセルのせいではない。地盤の状況があまりにも悪くなっていたのだ。

「走って追うよ」

そう言うのと同時か、もしかしたらそれよりも早く、私は第五層に向けて走りだしていた。

本当なら、ダンジョンの中で安易に走り回るなどという行為はとんでもない。

しかし今は悠長なことを言っている場合ではなかった。

アシタの命は、自分が守らなくてはならない。

約束を違(たが)えるような冒険者に、なるわけにはいかない。

×　　×　　×

「……痛(い)ってぇ」

四層の地面が割れて、僕はおそらく一つ下の階層に落ちたのだろう。

腰を思い切り強打した。

しかし、その割にはどこの骨も折れた様子はないし、そして尻の下には妙にやわらかい感触が……。

誘導されるように視線を下に向けて、

「マァ――――――――――ッ！！！」

またもや僕は奇声を上げ、はねるように立ち上がった。

ウルフである。

いや、ウルフだったもの、というのが正しいかもしれない。

ウルフの死骸が、僕の尻の下に血だまりを作っていた。

「はぁ……ハァー」

一日で何度も魔物の死骸を見るとは、なんて日だ。

幸いランタンを持ったまま下層に落ちたのが幸いだった。

視界は確保できている。

足元のウルフを照らして、状況を確認する。

「命の恩人だな……」

変な声を出してすまない。少しびっくりしただけなんだ。

開いたままになっているウルフの目を閉じてやって、手を合わせる。

そしてどこか目立たないところに移動させてやろうと考えたところで、僕はウルフの身体の状態の異様さに気づく。

「……前肢が、ない」

右の前肢が、付け根からちぎれたかのように欠損していた。

そして、そこからまだ少しだけ血がしたたっている。

これは、まさか……。

四層で見たウルフの前肢が脳内によぎる。

そして、僕は自分の置かれている立場をようやく理解した。

息を殺して、周りの音に全ての集中力を注いだ。

――フーッ、フーッ……

思ったとおりだ。……最悪の展開。

恐る恐る振り返ると、口元を血で塗らした、自分と同じくらいの体長の魔物が、鼻息荒くこちらを見つめていた。瞳孔(どうこう)は開き、こちらを警戒している。

「ラプチノス……」

僕は冷や汗が体中からあふれ出すのを感じながら、一歩後ずさった。

対峙（たいじ）したのは、冒険者の間で『狩人（かりうど）』とも呼ばれている、ラプチノスという、肉食獣であった。

誰だ、安全に冒険ができそうだとか言ったやつは。

第五話　あの本を読むまでは死にたくない

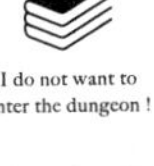

絶体絶命である。

僕の前方数メートル先には、目を爛々と光らせ、鼻息を荒くしている肉食獣がいた。

肉食獣の中でも最悪な部類に遭遇してしまった。

ラプチノス。

『ドラゴン』と分類される魔物の中で最も小型とされる種類で、体長は縦の長さだけで考えれば大体人間と同じくらいである。

一般的に『ドラゴン』と呼ばれる魔物は、驚異的な体格をもって大暴れしたり、炎を吐いたりといった派手な攻撃で他の生物を害するものだが、ラプチノスの恐ろしいところはそういった点ではない。

彼らは、その頭蓋の中で『脳』の占める割合が、他の魔物に比べてかなり大きい。つまり、頭が良いのだ。

普段から群れで生活をし、自分たちよりも体長の大きい魔物を群れで狩ったりすることもあ

始末する。

四つの肢を持つ生物だが、後ろ二本の肢で歩行、走行し、前肢についた鋭利な鉤爪で獲物を狩る。『狩人』という通称の所以だ。

冒険者にとっては非常に厄介な存在であり、できることなら遭遇したくない魔物に分類されるであろう。

しかし、ラプチノスの情報を過去に読んだ本の記憶から引き出せば引き出すほど、疑問に思う点が増えてゆく。

ラプチノスの主な棲息地は平原地帯のはずだ。なぜこんな辺境の洞窟ダンジョンにこの魔物がいるのだろうか。

群棲が基本のラプチノスが、単独で活動していることも妙である。

疑問は深まるが、今はそれよりももっと差し迫った問題が目の前にあった。

どう、この場を切り抜けるかだ。

正直、数日前の自分ならば今頃すべてを投げ出していたかもしれない。

その辺に寝転がって、「食いたければ食え!!」などと叫んでいても不思議ではない。

今の状況では、生き残ることよりも、死んでしまうことのほうがよほど容易い。

しかし。

しかし、僕はまだ死ねない。

なぜなら、まだ『古代エルフ文明史書』を読んでいないから!!

あれを読まずに死んでしまったら死んでも死にきれない。

エルシィの枕元に毎晩現れては耳元で「古代エルフ文明史書……」とささやき続けそうな勢いなのである。

生き残れば、あの本を読むことができる。数年間本屋業界の情報網を駆使して探し続け、それでも手に入らなかった念願のあの本をである。

絶対に、死ぬわけにはいかない。

ラプチノスは注意深く、こちらの様子を窺って（うかが）いた。

今回に限っては、ラプチノスの知能の高さに救われた。

即座に襲い掛かってくるような魔物であったなら、僕は今頃肉片になりラプチノスの腹の中に収まっていただろう。

僕はといえば、ラプチノスとの距離を変えないまま、脳内では必死に以前に読んだ『ラプチノス調教日誌』の内容を思い返していた。

過去に、捕獲したラプチノスを調教し、騎乗できるほどまでに手懐け（てなず）ることに成功した生物研究者がいた。そして素晴らしいことに、彼はその過程をすべて日誌につけ、本として出版したのだ。

当時、魔物の生態や習性の本を読み漁（あさ）っていた僕は、たいへん興味深くそれを読んだのを覚えている。

本の内容を思い返しながら、僕は胸中で最優先事項を確認する。

今この場でラプチノスを手懐ける必要はない。と、いうより、不可能だ。

ただ、『対等な立場』になることが必要なのだ。

最低限、ラプチノスの『敵』になってしまってはいけない。敵として認識された瞬間に、僕の命は終わりを迎えると思った方が良い。

ラプチノスは鼻をスンスンと鳴らして、こちらの匂いを遠くから嗅いでいる。

少しでも多くの情報を、僕から得ようとしているのだ。

それでいい。もっと僕に興味を持て。

僕はまず、ラプチノスを刺激しないよう、非常にゆっくりな動きで、自分のポーズを変化させる。

膝を少し曲げ、上半身は前傾姿勢に。

そして、両腕は身体の手前でくの字に曲げ、手はだらりと下に垂らす。

そう、ラプチノスの基本姿勢の模倣である。

まず僕が人間をやめる。そこからだ。

僕がラプチノスを下に見てもいけない。逆に、下に見られてもいけない。

『対等』になるならば、『同類』に擬態するのが最も手っ取り早い。

ラプチノスは訝しむようにグルルと喉を鳴らし、こちらを威嚇してくる。

こちらは、威嚇には反応せずに、大げさに「フン、フン」と鼻を鳴らした。

ラプチノスが、こちらに一歩だけ足を踏み出した。

震えそうになるのを必死でこらえ、こちらはラプチノスが一歩踏み出してきた分だけ、一歩下がり、同じ距離を保つ。

ラプチノスは鼻を鳴らし、そののちに、口をがばりと開いて、

「ォアッ！　アッ！　オエア――――ッ！」

何やら大声を発した。

本で読んだ通りだ……！　僕は少し興奮気味にその様子を観察した。

ラプチノスは知能が高いが故に、群れでの狩りの際にもあまり声を発することはないという。声を出さなくとも、仲間同士で動きを見て先を予想し、必要な連携を自然にとることができるのだ。

しかし、一匹では対処ができないと感じる状況に出くわすと、仲間を呼ぶために大声を上げる習性があった。

僕という存在は今、ラプチノスにとっては正体不明な存在だと言える。

どう見ても自分とは違う生物のはずなのに、自分と同じ動き、習性をしているように見えるのだ。

だから、対応に困り、仲間を呼んだ。

ただ、これは僕の予想だが。

この付近に彼の仲間はいない。

仲間がいるのだとしたら、すでに一緒に行動をしているはずなのだ。

おそらくだが、このラプチノスは群れからはぐれ、この洞窟に迷い込んでしまったのだろう。

「アオ――――――ッ！　エアッ！　オッ!!」

大声を上げても、仲間の返事はどこからもなく、駆け寄ってくる足音も聞こえない。

ラプチノスは困惑(こんわく)したように後ずさりし、鼻を鳴らしながら辺りをきょろきょろと見回した。

やはりこの近辺に、あのラプチノスの仲間はいない。

そうと分かれば、やることは一つである。

僕は、覚悟を決め、羞恥心(しゅうちしん)を捨て、大口を開けた。

「ォヴァ―――――――――ッ!!」

僕が、あいつの仲間になるのだ。

「オアッ！　アッエアッ！　オッ！」

「ヴァ――――ッ！　ォアッ！　アッ、ォヴァ――――――ッ！」

おそらくこの光景を客観的に見ると滑稽(こっけい)以外の何ものでもないだろう。

人間が、大口を開け、目をひんむきながら、前傾姿勢で奇声を発しているのである。

口を開けっぱなしにしているせいで、口の端からよだれがダラダラと零れてゆくのが分かる。

自分が今どんなに人間を捨てた汚らしい顔をしているのか分からない。

しかし、今の僕は、誰がなんと言おうと、ラプチノスなのである。

ラプチノスだから目玉をひんむこうが唾液をだらだらと垂らそうが文句を言われる筋合いはないのである。しょうがねぇだろ、ラプチノスなんだから。

人間を捨てた甲斐あって、ラプチノスの警戒心が薄れてきているのが目に見えて分かった。

開ききっていたラプチノスの瞳孔がだんだんと丸みを帯びた形に弛緩してゆくのが見えた。

荒かった鼻息もおだやかになっている。

よし。

この調子で、ラプチノスと仲良くなってしまって、そして適当なところでサッと逃げれば生き残れる。

希望が見えてきた。

「アッ！　エアッ！」

「オア～、ゥアッ！」

ラプチノスが声を上げたら、僕も必ずそれに応えるように声を上げる。

相手が何を言っているのかは分からない。僕の必死のラプチノスの声真似も、向こうからすれば支離滅裂なものになっているだろう。

しかし、今目の前にいるラプチノスにとって重要なのは、自分の声に反応する存在がいることだ。

ラプチノスに『狩られる』側の魔物は、ラプチノスの声を聞けば一目散に逃げだす。

つまり、ラプチノスの声に反応し、コミュニケーションを取ろうとしてくる存在は、消去法でラプチノスの味方、というふうにとらえることができるのだ。

すっかり喉を鳴らして威嚇をしなくなったラプチノスに、僕はゆっくりと近づいてゆく。

正直、ものすごく恐ろしい。

このまま歩みを進めて、前肢の届く距離に来たところで急に我に返ったラプチノスがその鉤爪を突き立ててくることだってあるかもしれないのだ。

しかし、ここで逃げたらすべてが台無しである。

この短時間で作り上げた少しばかりの信頼関係は崩れ、ラプチノスと僕の関係は、捕食者と獲物のそれになってしまう。

どのみち失敗すれば死ぬのだ。

自分に言い聞かせ、震えそうになるのを必死でこらえる。

一歩ずつゆっくりと歩みを進めて、もうすぐラプチノスに手が届く、という距離まで近づいたその時。

視界の端に、人型の何かが映った。

僕は再び身体から冷や汗が吹き出すのを感じる。

そこには、弓矢を構えた〝ジニア・ゴブリン〟がいた。

ジニア・ゴブリンは、ゴブリンの中でも特に知能の発達した個体で、一つのゴブリンの群れの中に三、四体いるとされている魔物だ。

彼らは『道具』を使うことのできる知性を持っている。そしてそれを活用して、自分よりも大きく凶暴な魔物を狩って暮らしているのだ。

そんなジニア・ゴブリンが弓矢を構えて、こちらを見ていた。

矢じりは、ラプチノスの方に向いている。

くそ、利用された……！

即座に理解した。

ラプチノスは敏捷性（びんしょうせい）に優れ、正面から戦ったのならば矢などの遠隔武器を命中させるのは非常に難しい。

しかし、今ラプチノスは目の前の『僕』という興味対象に気を取られていて、完全に動きが止まっている。

ジニア・ゴブリンはその隙（すき）を利用してラプチノスを仕留（しと）めようというのだ。

しかし、そんなことをされては僕とラプチノスの信頼関係はめちゃくちゃになる。

ラプチノスに矢が命中した瞬間、興奮したラプチノスは僕を鉤爪で仕留めたのちに、ジニア・ゴブリンに襲い掛かってゆくだろう。

最悪だ。

なんてタイミングで現れてくれやがった。

僕はつくづくゴブリンとは悪い縁があるらしい。

ジニア・ゴブリンはにやりと笑って、矢をつがえていた右手の指から力を抜こうとする。

瞬時に僕は動いていた。

ラプチノスの側面に飛び出して、ラプチノスを庇うようにジニア・ゴブリンとラプチノスを結ぶ一直線上に体を滑り込ませた。

ドスッ！

「……ッ！」

脇腹が、じわりとあたたかくなる。

ジニア・ゴブリンの放った矢は、しっかりと、僕の右脇腹に突き刺さっていた。

「っあぁ……ッ」

じわじわと鈍痛が広がる。

地面に膝をついて、息を吐く。

そうだ、ラプチノスは、ラプチノスは無事だろうか。

痛みで霞む思考のまま、ラプチノスを見上げると、ラプチノスは困惑したようにジニア・ゴブリンと僕を交互に見た。

ラプチノスと僕の目が合う。

その眼には、はっきりと『迷い』が映っていた。

もうとっくに、僕がラプチノスとはかけ離れた人間という生物であることはバレてしまったはずだ。

しかし、ラプチノスは突如現れたジニア・ゴブリンと僕のどちらを敵として認識してよいのか判断できない。

だから、僕が背中を押してやる。

脳内でドバドバと興奮物質が分泌されているのを感じた。

脇腹の痛みは今やまったく気にならない。

最大限に目をひんむいて、最大限に大口を開けて。

「ボア――――――――――ッ！！！！」

僕はジニア・ゴブリンを指さして、大絶叫した。

あいつをやれ！！！！　そう、思いを込めて。

その瞬間に、ラプチノスの瞳孔がキッと開いたのが見えた。

そして、僕を飛び越えて、恐ろしいスピードでジニア・ゴブリンの方へ駆けてゆく。

ジニア・ゴブリンは予想外の展開に、大慌てでその場から走りだす。

しかしラプチノスがゴブリンに追いつく方が早く、ラプチノスが身体を捻(ひね)って繰り出した尻尾での殴打(おうだ)を受け、ゴブリンは吹き飛ばされる。

地面をごろごろと転がったのちに、ゴブリンはすぐに立ち上がって、そそくさと逃げていった。

「はっ、ざまー見ろ……」

僕はずるずると洞窟の壁に背中を当て、そのまま脱力するように尻を地面につけた。

全身の震えが止まらない。

傷口がじくじくと痛む。刺さった矢を抜いてしまいたい衝動に駆られるが、刺さったものは抜かない方が良いという知識は本で得ている。

なんとかラプチノスに即座に食い殺される展開だけは避けることができたが、このままでは矢による負傷でポックリと逝(い)ってしまいそうだ。

そこまで考えて、僕はふと視線を上げた。そういえば、ラプチノスはどうしただろう。

顔を上げると、少し離れたところからこちらの様子を窺うラプチノスと目が合った。

その瞳を見ると、瞳孔(ふぜい)はもう開いていない。鼻息も穏やかなもので、ただ、どうしていいか分からないといった風情で、小さく首を傾(かし)げてこちらを見ていた。

その様子を見て、僕は小さく失笑した。

「お前、もしかして寂(さび)しいんじゃないのか」

声をかけると、ラプチノスは驚いたように一歩後ずさりした。

瞳孔が開きかける。

「大丈夫だ。僕は君に危害を加えないよ」

どうせ何を言ったところで言語として彼に伝わることはない。

分かっているが、僕はラプチノスに語りかけた。

怪我をして朦朧としているせいもあってか、ラプチノスに対する恐怖のようなものは薄れてしまっている。

「ほら、おいで」

手を伸ばして、僕が言う。

伝わるはずがない。でも、伝わってほしい。相反する思いが胸中に渦巻く。

ラプチノスはおそるおそる、クンと鼻を鳴らしてこちらの匂いを嗅いだ。

そして、ゆっくりと、僕に向かって歩いてくる。

もしかすると、言語ではない何かが、僕の想いをラプチノスに伝えたのかもしれない。などと、非現実的なことを考えながら、僕は力を振り絞ってゆっくりと立ち上がった。

「おいで」

近付いてくるラプチノスに、もう一度手を差し伸べる。

ラプチノスは僕の目の前までやってきて、もう一度鼻を鳴らした。

僕は手を頭の後ろで組んでみせた。

「ほら、僕は何もしない」

手を固定して、じっとラプチノスの目を見つめると、ラプチノスは、ゆっくりとその頭を下げて、僕の額へコツンとぶつけた。

これって……。

僕の脳内で、『ラプチノス調教日誌』のページがめくられる。

『ラプチノスが仲間同士で額をぶつけ合うのは、親愛のしるし』

そういう一節があったのを思い出して、頬が自然と緩んだ。

「ははっ」

笑いが漏れる。

まさか、本当にまさかだ。

生き残ることだけを考えていたのに。

僕はラプチノスを手懐けてしまったらしい。

「アシタ！！！！」

聞き覚えのある声が耳に届いて、そちらに視線を向けると、そこには肩で息をしているエルシィが立っていた。

「……ッ！　ラプチノス……!?」

　エルシィは僕の傍らに立っていた魔物を見て、目を見開く。

　反射的に、エルシィは背中の弓を取り、矢をつがえようとした。

「あー!!　待て待て!!」

「何よ!!」

　僕が大声を上げると、エルシィはパニック気味に声を荒らげた。

「こいつを射つな！　僕の仲間だ！」

「は!?　何言ってんの!?」

　弓を構えながら、エルシィは信じられないというような顔をした。

　ちらりとラプチノスの方を見ると、瞳孔が開き、鼻息も荒くなってきている。

　まずい。明らかな敵意を向けられて興奮している。

「とにかく弓を下ろせ!!　僕は大丈夫だから!!」

「大丈夫って……」

　まだ四の五の言おうとするエルシィの言葉を遮って、僕は殺し文句を言った。

「こいつを射ったら二度とお前とは冒険に行かないぞ!!!」

　僕のその言葉と、本気の眼差しを見て、エルシィはゆっくりと弓を地面に下ろした。

　僕はそれを見て軽くため息をつき、即座にラプチノスの方に向き直る。

「大丈夫だ、大丈夫。あいつは敵じゃない。誰もお前を攻撃しない。大丈夫……」

もう一度僕はラプチノスの額に、自分の額をこつんと押し当てた。

だんだんとラプチノスの呼吸が落ち着いてくるのを感じる。

「ど、どうなってんの……」

エルシィが小声で呟くのが聞こえた。

エルシィの後ろから、残りの二人の冒険者も走ってくる。

「生きてたのかアシ……うぉっ!?」

「アシタさん!?」

ラプチノスの近くに立っている僕を見て、二人も反射的に武器を構えた。

「あー！　大丈夫！　大丈夫だから！」

また鼻息を荒らげ始めるラプチノスに、僕は必死の説得をした。

×　×　×

「……これで傷はふさがったと思います。痛くないですか？」

アルマが、僕の脇腹の傷を優しくさすって、言った。

本当に心配そうな顔をしてこちらを見ている。やはりこの子は女神だと思う。

「君のおかげで」

僕が言うと、アルマは安心したように溜め息をついた。

「良かった……」

自分で脇腹をさすると、さっきまで矢が刺さっていたのが嘘のように、傷口がふさがっていた。痛みもすっかり引いている。

聖魔術というのは本当にすさまじい。

ラッセルが僕に近寄ってきて、片膝をついた。

そして、頭をぐっと下げる。

「すまなかった。俺がうかつなことをしたばかりに」

「いやいや……地面が割れるとは誰も思わないだろ」

頭を下げられると妙にくすぐったい気持ちになり、僕は慌ててラッセルをフォローした。

「それに、なんとか生きてたし、大丈夫だ」

僕が言うと、ラッセルは顔を上げて、小さな声で「すまない」ともう一度言った。

そして、横目で、少し離れたところにドスッと腰を下ろしているラプチノスを見た。

「それにしても、ラプチノスを手懐けるなんて聞いたことねえよ。あんた何やったんだ？」

「……ははは」

目玉をひんむいて、よだれを垂らしながらラプチノスの声真似をしていました、とは口が裂けても言えない。

とはいえ。

なんとか僕は生き延びることができた。

ほっ、とため息をつき、地面に寝転がった。

やはり、本は偉大だ。

誰かの書き記した本が、僕を生かしてくれた。

見知らぬ著者に、僕は命を救われたのだ。

本は、書いた本人が思いもよらないような形で、誰かに必ず届く。そして、その心に永久に住まい続ける。

だから、僕は……。

思考が徐々にぼやけて、急激な眠気に襲われる。

身体の貧弱な僕には、今日の運動量はすでにキャパシティオーバーだ。

少し、休ませてほしい。

エルシィがおこした焚火の炎をぼんやりと眺めながら、僕の瞼は徐々に下がっていく。

……ああ、早く古代エルフ文明史書が読みたい。

眠りに落ちる寸前に、そんなことを考えた。

第六話　あれがないと話にならない

ぺちぺちと頬を叩かれた感触で、僕の意識は少しずつ覚醒した。

ふわふわとした感覚のまま、徐々に目を開ける。

そうか、僕は少し眠っていたのだった。

意識が覚醒してくると、自分の頭が何かの上にもたれかかるようなかたちになっていることに気付く。

後頭部が妙にあたたかい。

「ん……？」

目を開けると、目の前には革の胸当て。

そして、その奥から、エルシィの顔がぬっと現れた。

「あ、起きた」

上から降ってくるようなエルシィの声に、僕は状況を徐々に理解しはじめる。

下から見上げるようなアングル。

そして後頭部のあたたかさ。

これは……

「どうして膝枕なんだ」

僕が言うと、エルシィはむっとしたように唇を尖らせた。

「なんだよ、あたしの膝枕じゃ不服かよ」

いや、そういうことを言っているのではなくて。

僕は地面に寝ころんでいたはずだ。いつの間にエルシィの膝の上に移されたのか。

それに、エルシィ自体、膝枕などをしてくれるような女性にはとうてい思えない。

膝枕を率先してやってくれそうなのは、それこそ……

「アルマの方が良かった？」

「お前エスパーかよ！」

腹をパンチされた。

「気に入らないなら頭上げたら」

「気に入るとか気に入らないとかいう話じゃなくてな」

僕が言うと、エルシィが首を傾げた。

「なんで急にこんなこと」

僕の問いに、エルシィは少し顔を赤くして、わざとらしくどこか遠くを見るように横を向い

た。

「……るって話だったのに」

「え？」

小さな声が聞き取れず、訊き返すと、エルシィはバッと僕の方に視線を下げて、もう一度言った。

「あたしが守るって話だったのに、一人にしちゃったから」

エルシィの言葉に、僕は一瞬きょとんとして、すぐに失笑した。

「な、なんで笑うの」

「そんなこと気にしてたのかお前」

僕が言うと、エルシィは口をパクパクさせた。

「だ、だって約束したし……」

「お前は慎重にやってただろ。不運な事故みたいなもんだ」

「でも……」

「というか」

納得していない様子のエルシィの言葉を遮る。

「守れなかった罪滅ぼしに『膝枕』ってのは随分と自意識過剰なんじゃないのか」

僕が言うと、エルシィはきょとんとした。

畳みかけるように、僕は続ける。

「お前の膝枕に価値があると思ったら大間違いだからな!!」

再び、腹をパンチされた。

守るだのなんだのと言っていた割には迷いのない暴力であった。

「気絶とはいえ洞窟のごつごつした岩の上に頭置いといたらあんまり休まらないかなって思っただけですけど!?　別に私の膝枕に価値があるとか一言も言ってないですけど!!」

「痛い痛い痛い!!」

ぽこぽことボクの腹を殴り続けるエルシィを見かねて、ラッセルがエルシィの腕を掴んだ。

「まああその辺にしとけよ……また骨折れたらたまんねぇだろ」

おや……心配してくれたのかと思ったけど、これはシンプルに貶されてるな。

「身体の方は大丈夫か？」

ラッセルに助け起こされて、ボクの頭はエルシィの膝枕から離れる。頭の後ろの柔らかさが消えて、少し物寂しく感じたものの、口にはしない。

エルシィのパンチですっかり目の覚めた僕は、立ち上がって伸びをしていた。

アルマの聖魔術のおかげで痛みはもうどこにも残っていない。

「大丈夫だ。少し寝たし、もう活動できるぞ」

僕が言うと、問いかけてきたラッセルは安心したように頷いた。

った。

「よし、それじゃあそろそろ進むとするか！」

ラッセルの掛け声で、座って休んでいたアルマも立ち上がり、尻についた土をぱんぱんと払った。

僕は少し離れたところで身体を丸めていたラプチノスに近寄り、「行くぞ」と声をかける。

言語が通じたとは思えないが、ラプチノスは鼻息ひとつ、のそりと立ち上がった。

「本当に、すごいですね……ラプチノスと心を通わせてしまうなんて」

アルマがおそるおそる近づいてきて、言った。

一番驚いているのは僕である。

まさか自分がラプチノスを調教する日が来るとはつゆほどにも思っていなかった。

「こいつも、寂しかったんじゃないかな」

首を優しく撫(な)でてやると、ラプチノスはこそばゆそうに頭を振った。

「……優しいんですね」

僕とラプチノスの様子を見ていたアルマが静かにそう言ったのを聞いて、僕は苦笑した。

「優しいとかそういう話じゃない。お互い生きるのに必死だっただけだよ」

僕が言うと、アルマはくすりと笑った。

「ラプチノスを見て『寂しそう』だなんて言う人、他に会ったことありませんよ」

アルマの視線に、何かあたたかいものがこもっているのを感じて、僕は少し気恥ずかしくなる。

「まあ、僕も普段は本屋に引きこもって本ばかり読んでるような寂しいやつだからな。シンパシーだよ、シンパシー」

おどけて僕が言うと、アルマは肩をすくめて、可笑しそうにくすくす笑った。

「そういうことにしておいてあげます」

ああ本当に、笑っている顔も可愛いなあこの子。

顔が好みということもあるが、一挙一動が可愛くて困る。

「そんなに喋ってる元気があるなら、さっさと出発する……よっ！」

「痛ってぇ!!」

スッと隣に現れたエルシィが、僕の尻を蹴飛ばした。

「なにすんだお前！」

「べつに」

ふんと鼻を鳴らして、エルシィはすたすたと歩いていった。

「折れたらどうすんだ！」

僕がエルシィの背中になんとも情けない批難の声を投げつけると、エルシィは歩みを止めて、こちらをギロリと睨んだ。

「アルマに治してもらえば？」

吐き捨てて、エルシィはまたスタスタと歩きだした。

今日の彼女は、妙に機嫌が悪い。

アルマの方を見やると、アルマもエルシィの様子に苦笑いをしていた。

何か思い当たることでもあるのだろうか。

「ほら、行くぞ」

ラッセルが僕の背中をぽんと押した。

優しい。あまりにも優しいタッチに感動すら覚える。

僕の背中の骨にヒビを入れたのを相当気にしているようだ。

「そうだな」

僕は頷いて、ラプチノスを引き連れて歩きだす。

ラッセルも案外いいやつである。学習能力の高い人間は、嫌いじゃない。

×　×　×

「へぇ……これが」

目の前にそびえる、金属とも岩石とも見分けのつかないオブジェクトを見上げる。

第四層から五層に落ちたアクシデントが今回の冒険のピークだったようで、その後は拍子抜(ひょうしぬ)

けするほどに順調に進んでしまった。

あっという間に第六層にたどり着き、僕たちは今回の調査対象である『前時代の遺物らしきもの』の前にいた。

「そのへんで遊んでていいぞ」

僕が言うと、ラプチノスはきょろきょろと辺りを見回したのちに壁際へと歩いてゆき、ドスッと腰を下ろした。

あいつも運動はあまり好きではないのかもしれない。分かるぞ、その気持ち。

「よし……」

再び、目の前の遺物に向き直り、いざ調べんと僕はいつものように尻ポケットに手を突っ込んだ。

そして、そこにあるべきものがないことに気付く。

「……え、嘘だろ」

尻ポケットをまさぐり、続いて冒険用ツナギのポケットにも手を突っ込む。

ない。

ルーペがない！

「どしたの？」

僕の様子を見ていたエルシィが尋ねてくる。

「ルーペがないんだよ！」

「ありゃ、途中で落とした？」

「……かもしれない」

四層から五層に落下したときか？

もしくはジニア・ゴブリンからラプチノスを守ったときか？

今日は激しく運動をしすぎたせいで、思い当たるシーンが多すぎた。

「ルーペなしじゃダメなの？」

「あれがないと話にならない!!」

僕が大声を出すと、ぎょっとしたようにエルシィが肩を震わせる。

しまった。つい興奮してしまった。

咳払い(せきばら)いをひとつ、僕は声のトーンを落として続けた。

「細かい紋様とか、文字の種類とかを判別しないと分からないことが多いんだよ」

「あんなに大きいんだから、文字も大きいんじゃないの？」

エルシィに言われて遺物に目をやる。

確かに、この距離でも目に見えるくらいの大きさで彫られている装飾や文字も多いように見える。

ないものをあてにしても仕方がない。

「はぁ……」
あのルーペ、お気に入りだったのになぁ。
あれは店長からプレゼントされた大切なものだった。
まさかダンジョンでなくしてしまうとは……やはりこんなところに来るものではない。
僕は思い切り気分を萎(な)えさせたまま、遺物に向かってのろのろと歩いていった。
さっさと調べて、さっさと帰ろう。
その時は、そんな気楽なことを考えていた。

第七話　できれば、無駄に走らせないでほしい

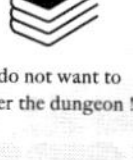

いざ調査を始めてみると、案外ルーペなしでも分かることは多かった。

最も手前に落ちていた白色の岩のような遺物は、表面に過度な装飾がなく、土埃は積もっているものの、もともとはかなりツルツルとしていたのが分かる。

装飾的な文様もなく、表面はツルツルに磨き上げられている……となると、これは建造物の一部ではなく他の用途で〝使われていた〟ものだと推察できる。

「兵器……？　いや、それにしては」

僕は呟いて、目の前の巨大な遺物を見上げる。

「でかすぎるんだよなぁ……」

兵器というからには、何かしらの手段でいろいろな戦場に持ち運んだはずなのだ。

そしてこれの素材だが、とてつもない硬度であるのは確かだが、年数が経っても劣化しておらず、錆臭さもないことから考えると金属ではなさそうだ。

金属ではないということは、火薬を詰めて発砲したりする『重火器』であった可能性は限り

なく低い。

建造物ではなさそうである。しかし、兵器でもない……？

では、この巨大な遺物は何なのだろうか。

本で得た知識を脳内でこねくり回しても、目の前の巨大なオブジェクトに該当する情報は思い浮かばなかった。

「ねー！　アシタ！」

遠方からエルシィに声をかけられて僕は目の前の遺物から視線をはずす。

数十メートル先に落ちている遺物の前で、エルシィがこちらに向かって手を振っていた。

「なんだよ！」

「ちょっと来て！」

今はこの遺物を調べているところなんだが？

どうせ大した用事でもないのだろうに、気軽に呼びつけてくれやがって。

舌打ち一つ、僕はエルシィのいる方へ歩きだす。

「早く！」

なぜか急かされてイラッとしながら小走りでエルシィのもとに急いだ。

ちょっと走っただけなのに息は切れるし汗はだくだくかくしで最悪だ。

「はぁ……はぁっ……なんだよ」

「いやこの距離走っただけで疲れすぎでしょ」

エルシィは苦笑して、自分の前に落ちている遺物を指さした。

「ほら、これ見て」

「あ……？」

さきほど僕が見ていたものと同じくらいの大きさの遺物が、転がっている。

「なんか、『手』みたいじゃない？」

「手、だぁ……？　どのへんが……」

舐めるように左から右へと、じっくり観察してゆくと、その右端に目が奪われる。

「……確かに、手だ」

明らかに人間と同じ造形で作られたような、『手』が転がっていた。それも、僕を二人縦に並べるとちょうど同じ、といった具合の大きさをもった手だ。

指の関節も疑似的に再現されている。

僕は近づいていって、その関節を改めて注視する。

「ん……？」

関節の間をよく見てみると、接着がされていない。

ただ白い岩のようなものが並べて置いてあり、結果的に指の関節のように見えているだけのようだ。

「偶然か……？」

それにしては、あまりにも。

あまりにもはっきりと『手』の形をしすぎている。

誰かが意図的にこう置いたとしか思えない。

「神……か何かだろうか」

僕は小さく呟く。

かつて滅んだネブルシュカ文明では、『ムジカ』という神を信仰し、その像をさまざまな金属や岩を用いて作っていたという。

しかし、ネブルシュカ文明が栄えた時代に作られた石像や装飾品は、非常に多くの細かい彫刻がなされているのが特徴だ。

目の前にある、ただ白いだけのそれは、ネブルシュカ文明の遺物と考えるにはあまりにもシンプルすぎた。

「……分からないなぁ」

「アシタでも分からないことってあるんだね」

僕の独り言を耳ざとく聞き取って、エルシィが意外そうに言った。

まるで僕が何でも知っていると思っていたかのような物言いに、僕は眉根を寄せた。

「そりゃそうだろ。僕は考古学者じゃない。本で読んだ知識を総合して考えてるだけだ。頭に入れた情報が足りなきゃ分からないものは分からないし、情報の組み合わせ方を間違えてたら分かるものも分からなくなる」

実際、さっきから胸の中で、もやもやと何かが〝つかえて〟いるような感覚に襲われているのだ。

遺物の表面の〝ツルツル〟と磨かれた様子、そして、エルシィの見つけた『手』のようなオブジェクト。

何か、答えが出かかっているようで、ぎりぎりのところで結論にたどり着かない。

それはそもそも僕の知識の欠落によるものなのかもしれないし、僕が情報の組み合わせ方を間違えているがゆえに何かを見落としているのかもしれない。

僕が顎（あご）に手を当ててうんうんと唸（うな）っていると、再び遠くから呼び出される。

「アシタさん！　こっちにも見てほしいものがあるんですけど！」

声のした方を見ると、アルマが控えめに手を振ってこちらを見ていた。

「分かった待ってろ！　走っていく！」

「待って、あたしの時と反応違いすぎじゃない？」

エルシィの言葉は無視して、僕は小走りでアルマの方に走ってゆく。

今は、ひとところで悩んでいるよりも、多くの情報を得る方が先決だ。

アルマが何か新しいヒントになりえるものを見つけたのであれば、すぐに見たい。

あと、手の振り方が可愛いので、すぐに駆けつけてあげたい。

しかし、僕の足は遅いし、体力はゴミ以下である。

「ハァーッ……ハァーッ……ウッ、それで、見てほしいものって……ゲホッ」

「だ、大丈夫ですか？　呼吸が落ち着いてからで大丈夫ですよ」

アルマのもとにたどり着いた頃には僕の息はすっかり上がってしまっていた。

今になって気付いたが、この空間のことを『第六層の壁に開いた穴』とエルシィは言っていたが、それにしては第六層自体よりも広いのではないか。

魔物もいないし、開けた空間なので離れていてもお互いの姿が確認できるということで散らばって探索をしていたが、この広さでは他の仲間のもとに向かうだけで一苦労だ。

ふと上を見て、僕は気付く。

「天井……妙に高いな」

地下ダンジョンに潜ってきたはずなのに、この空間の天井は不自然なほどに高い。感覚的な測量ではあるが、第四層あたりまでぶち抜いたのと同じくらいの高さがあるように思える。

「あ、確かにそうですね……三層分くらいは高さがあるでしょうか……」

アルマも僕につられるように上を向いて、驚いたように口をぽかんと開けた。

「ああ……それで、見てほしいものって？」

僕はアルマのもとに来た目的を思い出して、彼女に尋ねる。

アルマも同じように、ああそうでした、と頷いて、僕に掌より少し大きいくらいの物体を手渡してきた。

「これなんですけど……」

「……っ！」

それは、蒼い光を中心に宿した、透明な結晶のような鉱石だった。

「これは……！」

僕はその鉱石の表面を指でなぞり、中心の光を眺め、そして確信する。

自ら発光し、それでいて表面に傷一つない鉱石。

そんなものを、僕はこの世で一つしか知らない。

「魔晄石だ……！」

僕が興奮気味に言うと、アルマの目がゆっくりと見開かれる。

「え、これがですか!?」

「そうだよ！　それ以外に考えられない！」

アルマの反応を見て分かる通り、魔晄石は魔術師の間でも伝説的な存在として語り継がれている。

魔術とは、基本的にその素質を先天的に、もしくは後天的に獲得した者が魔力を体内から放出したり、体外の魔力を自身が媒介となって行使するものだ。

しかし、魔晄石というのは、人間の手に触れずに、独自にその中心に魔力を宿し、外に向けて放出し続ける物質なのだ。

数少ない研究者がそれを発見、研究したが、未だに魔晄石が魔力を放出するメカニズムは解明できていないという。

「なにそれ、売れるの？」

後からのんびりとついてきたエルシィがスッと現れて、僕とアルマの間に割り込むように話に入ってくる。

「いくらで売れるか分からんレベルだ」

「なんだ売れないのか」

「違う！　どれだけの値段がつくか想像もできないってこと！」

僕が言うと、肩を落としかけたエルシィが現金なほどに激しくぶんとこちらに首を向けた。

「そんなに⁉」

「そんなに！」

僕も魔晄石の実物を見ることができた興奮からか、エルシィのテンションの上昇に乗せられてしまう。

エルシィはにまにまと笑って、顎に手を当てた。

「やっぱり、他の冒険者仲間に言わずに来たのは正解だったな」

勝ち誇ったようにそう言うエルシィに、僕は苦笑いを返す。

「お前、案外ちゃっかりしてるんだな」

「そりゃそうだよ！　あたしがこの空間見つけたんだから、あたしが最初に冒険して何が悪いっての！」

「そんなに言うなら一人で来ればよかっただろ」

僕の言葉に、エルシィはムッとして僕を睨んだ。

「きみ、話聞いてた？　一回一人で来たけど、落ちてるものがよく分からなかったからアシタを連れていきたい、って話したよね」

「そういえば、そんな流れだったな」

完全に『古代エルフ文化史書』に気を取られていて、事の流れのディテールは忘れ去っていた。

「ともあれ、とりあえずこれを持ち帰れば『他にも価値のあるものが見つかるかも！』って言って商人たちも重い腰を上げてくれるだろうね」

エルシィがそう言って、うんうんと頷く。

「なあ、これ、持ち帰ったら売るのか？」

僕が魔晄石を持ち上げてエルシィに訊くと、エルシィは力強く頷いた。

「当たり前でしょ。あ、でも分け前はちゃんと四等分するからね」

「そうか……」

売ってしまうのか……。

すぐに手放してしまうにはあまりにももったいないもののように思える。

とはいっても、魔力も持っていない、研究方法もない、といった僕がこんなものを持っていたところで腐らせるだけだ。

然るべき人物が手に入れて、研究を進める方が幾分も世の中のためになる。

名残惜しさのようなものを覚えつつも、僕はエルシィに魔晄石を手渡した。

「お前が持っててくれ」

「え、なんで？」

「転んで割ったらやばいだろ」

僕が言うと、エルシィはなんとも言えない表情で僕を見て、その後に小さく言った。

「転ばないように努力はしないわけ」

「努力をしたところで、僕は転ぶ」

「潔すぎる」

さて、とりあえずの収穫があったということで、今回のところは引き上げてしまっても良いのではないだろうか。

白い遺物の謎は解けなかったが、それはおいおい、調査に入った商人やら考古学者やらが解明してくれるだろう。

僕はその結果を本屋で聞けば良い。

「じゃ、そろそろ帰……」

「うぉーい!! これを見てくれ――ッ!!」

僕の声を遮って、かなり遠方からラッセルの大声が聞こえてきた。

目を細めて見ると、米粒のような大きさで、ラッセルが手を振っているのが見えた。

どんだけ遠くまで行ったんだあいつは。

と、いうより……。

やはり、僕はこの空間の異様な広さが気になってしまう。

今まで冒険した第一層から第六層までのダンジョンとは比べ物にならない大きさの空間だ。

明らかに、〝なんらかの意図〟があって、作られた空間のように見える。

そして、ところどころにゴロゴロと転がっている白色に塗られた遺物。

この二つは何か重大な関係性を持っているのでは、と根拠もないのに思ってしまう。

「うぉ――――い!!」

うるさい。

でかいのは身体だけじゃなくて声もか。

「今行くから待ってて――――!!」

エルシィも負けじと大声で返し、僕を横目で見た。
そして、顎をクイッとラッセルのいる方向に動かした。
行く、ってことか……。
もう帰れると思ったのに。
僕は、ため息一つ、先行してすたすたと歩き始めたエルシィの後を追った。
思えば、ここで帰っておけば良かったのだ。
後悔は、先に立たない。

第八話　分からないなら触らないでほしい

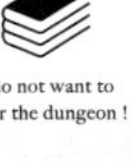

「でっっっっっか!!!」

大口を開けて、エルシィは目の前の巨大な遺物を見上げた。

僕も同じようにそれを見上げるが、エルシィの反応も頷（うなず）けるほどの大きさの白い遺物がそびえていた。

ラッセルに呼ばれて向かった先にこれがあったのだが、今まで見ていたものの二倍かそれ以上の大きさの遺物に、全員が圧倒されてしまった。

「なんでこんなもんが地下に……」

そう思わずにはいられない。

これだけの大きさのものを外から運び入れたのか？

あんなに狭い洞窟ダンジョンを通って？

誰が、何故（なぜ）。

そんなことを考えながら遺物を下から上へと眺めて、僕はある一点に目を奪われる。

それは、明らかに『模様』として彫られたようなくぼみだった。

今まで落ちていた遺物は、そのすべてが表面になんの模様もないものだった。

しかし目の前のそれには、はっきりとくぼみが彫ってある。

そしてその形は。

「……兜(かぶと)、か？」

頭にすっぽりとかぶり、視界を確保するための横一本の溝、そして呼吸するための縦(たて)一本の溝が彫られている兜。

古代の戦士がこれを身に着け、剣や槍(やり)を用いた接近戦で戦闘を行っていたという記録がどこかの歴史書に記されていたはずだ。

確か、ネブルシュカ文明が滅んだ後に栄えた、エドリズナ王朝の戦士だったか。

目の前の遺物の頂点に突き出すように飛び出している『頭』のような岩と、その『兜』をかたどったような彫刻。

「武神か……？」

神を祭り上げる一環として、戦争に勝つためのまじないのように武神を祀(まつ)るという習慣は多くの国や文明で見られた特徴だった。

兜をかぶった石像、となれば武神をモチーフとしたものだと考えるのが妥当(だとう)だ。

しかし、エドリズナ王朝は戦争を繰り返す、というよりはその技術力を駆使した産業で栄えた王朝だったはずだ。

鎧(よろい)や兜というものも、何か特別な式典を行う際にそれを兵士が着て行進する、という儀礼的な意味合いでしか使われていなかったとされている。

エドリズナ王朝時代での兜をモチーフとした〝武神〟というのは、妙なミスマッチを覚えるものだった。

推察(すいさつ)の方向性を間違えているような気がしてならない。

先ほどから感じ続けている胸の〝つかえ〟がもっとひどくなるのを感じた。

「シワ、寄ってるよ」

エルシィに眉根をツンとつつかれて、僕はハッと現実に引き戻される。

「考え込みすぎでしょ」

「ああ……まあ」

曖昧(あいまい)な返事をして、僕は首を横にぶんぶんと振った。

エルシィの言うとおりだ。少し考えすぎた。

すでに魔晄石(まこうせき)を手に入れて、とりあえずは商人たちを動かせるだけの材料は得ているのだ。

この遺物の正体を確かめるのは専門の考古学者などに任せればいい。

何を意固地になっているのか。

「あの、アシタさん」

「うわ！　……なんだアルマか」

突然遺物の裏側からひょこっと顔を出したアルマに驚いて、僕はびくりと肩を震わせた。

「裏側に回ってたのか。崩れたら危ないぞ」

「大丈夫ですよ。聖魔術で身体の表面に物理障壁を張っているので」

ちょっと、聖魔術便利すぎない？　聖魔術についての興味も尽きない。

胸中で苦笑していると、そんなことより、とアルマが僕を手招きした。

「こっちへ」

「ん？」

僕をそんな狭い暗がりに連れ込んで何をするつもりかね？

少し鼻を伸ばし気味にアルマに呼ばれた方へ歩みを進めると、後ろでもザッと足音がした。

振り向くと、当然のような顔でエルシィとラッセルがついてきている。

「……なんでお前らまで」

「なにか不都合でも？」

妙な迫力を伴った笑顔でそう言われて、僕は渋々それを黙認した。

遺物の裏側に回ると、アルマが小さく手招きをしてこちらを見ていた。

「こっちです、こっち」

なぜか声を潜めるようにそう言うアルマ。

僕はアルマのそばに寄って、彼女が指さしている点に目をやった。

「……へこんでるな」

「そうなんですよ」

表側と同じように、裏もつるつると磨かれていて、基本的に凹凸はなかったが、一部分だけ露骨にへこんでいる部分があった。

「いや、へこみというよりは……くぼみ？」

僕が言うと、アルマが頷いた。

「しかも、この形……」

アルマがそこまで言うと、隣のエルシィが声を上げた。

「あっ!!」

「なんだよ」

エルシィは自分の腰につけているポーチをごそごそとやって、中から先ほど拾った魔暁石を取り出した。

「一緒!!」

「ん……？」

エルシィの手元にある魔暁石と、くぼみの形を見比べる。

確かに、魔暁石の横に長いひし形のような形と、くぼみの形はほとんど同じように見えた。

エルシィがぐいと背伸びして、くぼみに魔暁石を当てて確かめてみようとするが、くぼみはだいぶ高い位置にあり、エルシィが背伸びをしてもまだ届きそうになかった。

しかし、魔暁石がぴったりはまるくぼみ、というのはどういう用途なのだろうか。

石像の後ろに魔暁石をはめて、一体何になると……。

そこまで考えて、僕の脳内で『カチリ』と音がしたような気がした。

ツルツルに磨かれた硬度の高い素材。

『手』のようなオブジェクト。

『兜』をかぶったような巨大な彫刻。

そして、魔暁石……。

一気に、僕の頭の中で情報と情報が絡み合ってゆく。

そして、一つの答えが、導き出された。

「どれ……俺が代わりに」

ふと見ると、エルシィから魔暁石を受け取ったラッセルが、自慢の長身を駆使してくぼみにそれをはめようとしていた。

「おい待てやめろ！　はめるな!!」

「え？」

僕が声を発したのと、ラッセルがくぼみに魔暁石をはめたのは同時だった。

――グォォォォォォン…………

今まで聞いたことのないような重低音が、目の前の遺物から発せられた。

「な、なに？」

「出ろ!!　今すぐ表に回れ!!!」

何が起こったのか分からない、というふうにきょろきょろする冒険者三人を、僕は必死に遺物の裏の狭い空間から追い出す。

僕の予想が当たっているならば。

僕たちはとんでもないものを起動させてしまった。

慌てて遺物の裏側から僕たちが飛び出すのと、遺物が音を立てて空中に浮かび上がるのはほとんど同時だった。

「え、なに、浮いてる!?」

エルシィがぎょっとしたように声を上げる。

先ほどまで地面に落ちていた遺物は、その表面を薄青く光らせながら、空中に浮遊していた。

そして、すぐに新たな異変が起こる。

「おいおいおい！　なんか来たぞ！」

ラッセルが声を上げて、遠方を指さす。

今まで順に見て回っていた遺物も空中に浮き、この巨大な遺物のもとへ集まってきていた。

僕はゾゾゾと背中に悪寒が走るのを感じた。

「走れッ!!」

僕は咄嗟に、叫んでいた。

だというのに、未だに状況を理解できていない冒険者三人は、大口を開けたまま目の前の遺物を見上げていた。

「アシタ、あ、な、なに、あれ何!?」

エルシィが、謎の力で目の前に完成してゆく〝巨体〟に目を見開きながら訊いた。

『兜』の彫刻が施されていた巨大な塊が〝頭〟と〝胴〟となり。

『手』の形をしたオブジェクトは〝両の腕〟となり。

入り口付近に落ちていた柱のような遺物は〝脚〟となった。

「あれは……」

僕も実物は初めて見た。

見ることがあるなどと、思いもしない代物。

「〝ゴーレム〟だ」

僕がそう言ったのと同時に、遺物の『兜』の部分に、青白い光が灯る。

その光はまるで目のようにぎょろりと動き、確実に、僕たちをその視界に捉えた。

「走れ！！！！」

反射的に僕が叫ぶと、三人も身の危険を肌で感じたようで、即座に全力で駆けだす。

僕もそれに続いて……。

足元の石に躓いた。

「ヴッッ!!!」

初動の勢いが良かったせいもあってか、僕は派手に転んでしまい、地面を転げた。

「なにやってんの!!」

エルシィが僕を振り返って、声を上げた。

「早く立って!!」

僕はハッとして後ろを振り返る。今にも動きださんと、ゴーレムは小刻みに震え始めていた。

早く逃げなくては。

膝を立て、足を地面につけなおしたところで、僕は再び声を上げた。

「アッ!!!」

足首に激痛が走ったのだ。

転んだ時に思い切り捻ってしまったようだ。

「なに！　どうしたの!?」

僕の後方にいるゴーレムと僕とに視線を行ったり来たりさせながら、エルシィはソワソワと僕を待っていた。

僕は、大きな声で、言った。

「足首やっちゃった!!!」

「貧弱!!　馬鹿!!」

エルシィが見かねたようにこちらに走ってくる。

「もう……ッ！」

「え、おい……！」

右腕を、僕の背中に。

そして、左腕を、僕の両の膝裏に添えて。

エルシィは僕をぐいと抱きかかえた。

「走るよ!!」

そして、エルシィは走りだす。僕を抱えて。

そう、これはまさに。

お姫様抱っこである。

いや、お姫様抱っこならぬ、王子様抱っこである！

「お、降ろせ馬鹿!!」

「死にたいの⁉」

今まで感じたことのないような羞恥に襲われて僕はじたばたとしたが、エルシィも同じく必死である。

僕を抱えて走っているとは思えない速度で、エルシィは走った。

首をぐいと回して後ろを振り返る。

「ウワァ――――ッ!!! 来てる来てる!!!」

僕が大声を上げると、エルシィも走りながら一瞬後ろをちらりと振り返って、ぎょっとしたように目をむいた。

「なんで追っかけてきてんの――――!!」

そう、ゴーレムが、その巨体を揺らしながら僕たちを追ってきていた。

それも〝走って〟である。

本当に、とんでもないものを起動させてしまった。

今僕たちを追いかけているのは、ネブルシュカ文明を滅ぼしたとされている、〝巨大魔導兵器〟であった。

誰だ、安全に冒険できそうだとか言ったやつは!!

お気楽野郎め、ぶち殺してやる!! 死にたくない!!

生きるか死ぬかの状況に瀕しながら、僕は数時間前の自分の発言を呪った。

第九話　なんとかしてほしい

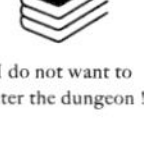
I do not want to enter the dungeon !

ゴーレムとは。

簡単に言ってしまうと、全身に魔力回路を張り巡らされた岩の人形である。

エドリズナ王朝の王であるエドリックがこれを開発し、この兵器によりネブルシュカ文明は滅んだと言われている。

身体中に張り巡らされた魔力回路は〝殺戮〟にのみ特化した伝達信号を送り続けており、誰の指示を受けることもなく、起動中は常に生物を攻撃し続ける。

身体は金属に近い硬度の鉱石で作られており、相当な威力の物理エネルギーをぶつけないことにはとうてい破壊はできない。

しかし。

身体が頑丈、そして破壊の限りを尽くす。

これだけが特徴であったならば、ゴーレムはネブルシュカ文明の人間にとってさほどの脅威ではなかったかもしれない。

ネブルシュカ文明人にとっての最たる難点は、ゴーレムが〝魔法をはじく〟という特性を持っている点だった。

ゴーレムの全身にめぐる魔力回路に、魔晄石の魔力が送られることで、身体の表面には魔力を反射する皮膜のような、いわゆる〝バリア〟が形成されていた。

これが、ネブルシュカ文明人を苦しめた。

ネブルシュカ文明は、主に魔法の力で発達した文明であった。

魔力の有無や多寡でカースト制を敷き、多くの魔術を駆使して社会を形成した。

産業も魔術によって行われ、戦争も、魔術を使って行われた。

つまるところ、ネブルシュカ文明人は『肉体を強化した戦士』を用意していなかったのだ。

大抵の争いは、魔力の優劣によって片が付いたからである。

魔法をはじく存在が現れることなど、まったく予想だにしていなかったのだ。

結果として、エドリックの開発したたった〝五体〟のゴーレムが、ネブルシュカ文明を崩壊に追いやった。


そして、そのうちの一体が今、僕たちを全力で追いかけてきている。

「おい!!!　どうすんだあれ!!」

ラッセルが、全力疾走しながら叫ぶ。

背後をドスドスと走ってくるゴーレムは、歩幅が僕たちの何倍もあるので、どんどんと距離を詰めてきていた。

「足止め……ッ、するから……ッ」

はぁはぁと息を切らせながら、エルシィはラッセルに視線を送る。

それに気付いたラッセルは、首を傾げつつエルシィの動きに注目した。

「だから、ラッセルは〝これ〟抱えて走って!!」

ん？　これ？

エルシィの言う〝これ〟の指すものを僕が理解するのとほぼ同時くらいに、僕を支えていたエルシィの腕が思い切り横に振られる。

そして、その反動を利用するように逆方向にぶんと僕の身体が振られ、そして、僕はエルシィの腕の中を離れた。

「パス!!!」

「おぉぉぉぉぉいぃぃぃぃぃ!!!」

僕は飛んだ。

アシタ！　キャッチボールしようぜ！　お前ボールな！

「ヴッ！」

そして何十秒にも感じられた滞空時間ののちに、今度はごつごつとした腕の中に、僕の身体は収まった。

「大丈夫か？」

顔を上げると、ラッセルのたくましい顔が目の前にある。

当たり前といえば当たり前なのかもしれないが、ラッセルの腕の中はエルシィに比べて妙に安定感があり、同時に安心感があった。

もしかして、お前が僕の王子様なのかよ……。

謎の錯覚に襲われている間に、僕を投げ飛ばしたエルシィは弓矢を構え、ゴーレムに矢を放とうとしていた。

「止まりなさいよ！」

エルシィが素早く弓弦（ゆづる）から手を離すと、一直線に矢が放たれた。

そして、ゴーレムの頭部の〝目〟のように光っている部分へと吸い込まれるように飛んでゆく。

エルシィもさすがに熟練の冒険者である。短い時間で大抵の魔物の弱点である〝目〟に狙いを定め、正確に射撃をした。

しかし。

カツン！

情けない音を立てて、矢はゴーレムにはじかれるように宙を舞った。

「うっそ！」

エルシィは慌てて踵を返してその場から逃げ出すが、それを許すまいと、接近したゴーレムが右腕をエルシィに向けて繰り出した。

「うわっ！」

エルシィはすんでのところで前方に飛び跳ねて、受け身をとった。

すげぇ。僕なら受け身をミスして首を折っているところだ。

ゴーレムも、全力で打ち込んだ右拳が地面に埋まってしまい、少しの間身動きがとれない。

地面に埋まる拳ってなんだよ。当たったら木っ端微塵だろ。

「あ、やべえな」

ラッセルがエルシィに視線をやりながら呟いた。

僕もそれを追うようにエルシィを見ると、受け身の後によろけてしまったエルシィが、再び転倒していた。

ゴーレムは右手を地面から引き抜いて、エルシィの方にギョロリと目を動かしている。

ラッセルの言う通り、このままではまずい。

状況を把握してからのラッセルは、素早かった。

「アルマ!!」

大声でアルマを呼ぶラッセル。

「はい!?」

ラッセルの斜め前方まで退避していたアルマがこちらを振り向いた。

そして、僕を抱えていたラッセルの腕が、激しく横に振られる。

え、ちょっと待って。

「パス！！！！」

再び、僕は飛んでいた。……アルマのいる方角へ。

「それは無理だろぉぉぉぉぉぉ!!!」

ラッセルの野郎、僕よりもか弱く見える女の子に容赦なく投げやがった！

さすがに僕も思い切り尻餅をつくのを覚悟する。

「ほっ！」

覚悟したが、次の瞬間には、僕はアルマの腕の中に収まっていた。

「ええ……」

「ふふ、〝奇跡的に〟受け止めちゃいました」

舌を出して、ウィンクをするアルマ。

ママ……。

聖母の腕の中であやされる赤子のような気持ちになりながら、僕はあらためて聖魔術のすさまじさを思い知る。

おそらく、僕を受け止める直前にアルマ自身に肉体強化の〝奇跡〟を付与したのだ。

あまりに、便利すぎる。

それにしても、こんなか弱い女の子に僕を投げて寄越すなんてとんでもないやつだ。

文句の一つでも言ってやろうとラッセルの方を見ると、彼はもうそこにはいなかった。

あれ、どこに消えた？

視線を移すと、ラッセルはエルシィのいる方向に全力疾走していた。

そのまま視線をさらに移動させると、ゴーレムが左腕をエルシィに向けて振りかぶっている
まさにその瞬間が目に映る。

「させるかよォ!!!」

間一髪のところで、エルシィとゴーレムの間にラッセルが入り込む。

そして、いつの間に抜いたのか、大剣を身体の前にかざし、ゴーレムの左拳を真正面から受けた。

「……ッ!!」

ゴーレムの拳から伝わる物理エネルギーはとてつもない。

ラッセルは後方に弾き飛ばされ、背中から地面を転げた。

「ラッセル!?」

庇われたエルシィはゴーレムから即座に距離をとりつつラッセルの方を振り向いた。

ラッセルはのろりと立ち上がって、首をぐるりと回す。

そして、舌なめずりをしながら、言った。

「やべえ一撃だった……俺じゃなきゃ死んでたね」

脳みそまで筋肉詰まってそうなやつだと思っていたが本当にそうだった。

さすがの武闘派冒険者である。

ゴーレムの攻撃を受けて平気で立ち上がるとは尋常じゃない鍛え方である。ネブルシュカ文明人も見習った方がいい。もう滅んだけど。

ゴーレムはラッセルをこの四人の中で一番の脅威と認識したようで、すぐさまラッセルを追うように走りだした。

ラッセルはゴーレムと距離をとったり、ゴーレムの拳を大剣で受け流したりしながら応戦する。

エルシィはそれを横から援護するように矢を放ったが、まったく効き目はなく、見向きすらされていなかった。

まずい。

ものすごくまずい。

単純に逃げようにも体格差からすぐに追いつかれてしまうし、現状のラッセル頼みの時間稼ぎも、彼のスタミナが尽きればそれでおしまいだ。

どうする。

どうやってこの状況を打開する?

僕は脳の中の本を何冊も何冊もめくっては閉じ、めくっては閉じ……考えられる打開策をリストアップしてゆく。

こんなところで死ぬわけにはいかない。

古代エルフ文化史書を未読なのだ。

そして、僕が貧弱なばかりに他三人まで巻き添えというのはどうしても納得がいかない。

ラッセルに次々と拳を繰り出しているゴーレムを睨みつけながら、僕は必死に考えた。

単純な話だ。

ゴーレムの背部にはめこまれた魔晄石を取り外すことができれば、ゴーレムの活動は停止する。

しかし、その方法がまったく思いつかない。

あれほど暴れているゴーレムの背後に取りつくこと自体が不可能に近い上に、ゴーレムの表面には〝バリア〟が張られているのだ。

その〝バリア〟が魔力だけをはじくものなのか、物理的な干渉すら許さないものなのかは、今まで読んだ本で得た知識からでは判断ができない。

　実際にやってみるしかないのだ。

　しかし最も身体能力の高いラッセルがゴーレムと真正面からやり合っている以上、彼がゴーレムの背後に回り込むのは不可能だろう。

　となると、エルシィあたりが適任なのだろうが、そもそもエルシィではゴーレムの背中に手を届かせることができない。

　いや、エルシィでは、というよりも、この場にいる全員がゴーレムの背中に届く身長とジャンプ力を持ち合わせてはいないだろう。

　ゴーレムの背中に届くほどの脚力を持っているのは……。

　ハッとする。

　いるじゃないか。脚力の優れた味方が。

　脳内で一つの可能性が生まれたのを感じた。

「アルマ！　僕に聖魔術をかけられるか？」

「え、あ、はい！　かけられますけど」

　アルマは僕を抱きかかえたまま答える。

「あ、足を治しますか？」

「違う！　聖魔術で、〝障壁を無効化〟させることってできるか？」

　僕が訊くと、アルマは一瞬言葉に詰まる。

「何かを無効化させるという〝奇跡〟は高位の聖魔術師でないと行使できない聖魔術ですが……」

　アルマはそこまで言ってから、少し照れくさそうに、付け加えた。

「私はできます」

　結婚しよう。

　はずみでそんなことを口走りそうになり、こらえた。

「足の治療はいいから、それを僕の右腕にかけてくれ」

「え、右腕ですか？」

「そう右腕！　急いで！」

　僕が言うと、アルマは慌てたように僕を地面に下ろして、僕の右腕に両手を添えた。

「アシタ・ユーリアスの右腕に、〝奇跡〟の福音を……如何なる障害をも振り払う力を与えたまえ」

　小さな、小さな声でアルマが囁くと、僕の右腕に何やら赤色の光が灯ったのが見えた。

　そして、その光が一瞬で消える。

「これで大丈夫です」

「え、終わり？」

「終わりです」

本当にこれだけ？

呆気に取られている僕に、アルマは大きく頷いて返した。

「魔力障壁、物理障壁程度なら簡単に破壊してくれるはずです」

「お前何者だよ……」

やはり、エルシィが気軽に連れてきた冒険者にしてはいろいろとできすぎではないか。

僕が訊くと、アルマははぐらかすようにふにゃりと笑って、言った。

「しがない聖魔術師ですよ」

疑問は残るが、今はそれどころではない。

横目でラッセルの方を見ると、彼は未だにゴーレムと激戦を繰り広げ、その注意を一身に引き付けてくれている。

僕は、僕のやれることをやろう。

アルマが見ている前でこんなことをするのはためらわれる。

正直、死んでしまいたくなるほど恥ずかしい。

しかし、やるしかない。

僕は意を決して、息を大きく吸い込んだ。

そして。

「ォア――――――――――――ッッ!!!」

全力で、僕の仲間を呼んだ。

「え、アシタさん、大丈夫ですか」

「ッア―――――!!　エア―――――!!!」

「怪我しすぎて頭がおかしくなっちゃったんですか！」

「ォアッ、エッ、アッ、アォア――――――ッ！！！！」

「アシタさん!?」

アルマの問いかけは無視して、ひたすらに僕は叫んだ。

そして、すぐに、僕の呼びかけに応(こた)えるものが現れた。

全力でこちらに向かってくるラプチノスの姿の頼もしさときたら。

「ォア―――――ッ！！！」

第五層でこいつと会ったのは、運命だったのかもしれない。

「あ、彼を呼んでいたんですね……」

本当に頭がおかしくなってしまったのかと心配していたアルマも、ラプチノスの姿を見て安(あん)堵(ど)したようだった。

僕はラプチノスがこちらにたどり着くよりも先にラッセルに向けて大声を上げた。

「ラッセル!!　あと数分でいいから、そいつを引き付けておいてくれ!!」

「言われなくても！　そのつもりだ!!」

ラッセルはこちらを見向きもせずに、ゴーレムと渡り合っている。

あの調子ならまだ当分の間戦っていられそうな様子だ。

「エルシィ!!」

「なに！」

次にエルシィに声をかけると、彼女はこちらを振り返った。

「お前はゴーレムの足元でちょろちょろ走り回れ!!　そこで矢を射ってもあいつにはまったく効果がない！」

「はぁ!?　足元で!?」

エルシィはぎょっとしたような様子で、僕とゴーレムとの間に視線を行ったり来たりさせる。

「踏まれたら死ぬって!!」

「すばしっこいお前なら大丈夫だ!!　足元ぎりぎりとは言わないから、とにかくあいつの目に留まるようにチョロチョロ動き回れ!!」

ゴーレムは、〝動く生物をすべて〟攻撃するように作られていたという。

ネブルシュカ文明人が愛玩していた〝ネッコ〟という動物も、可哀想なことにゴーレムに根絶やしにされたという。

つまり、ラッセルが攻撃を受け、ひたすらエルシィがちょろちょろとゴーレムの視界の中で動き回れば、ゴーレムは攻撃対象を一つに絞れず、攻撃の勢いがやや弱まると予想できる。

「分かった!!」

エルシィもこういった時は素直なもので、返事をするや否(いな)やゴーレムの足元に向かって突っ走っていった。

よし、あとは。

僕がやるべきことをやるのみだ。

「アルマ、君は僕についてきて」

「あ、はい！　……えっと、どうしてでしょう」

アルマは返事をした後に、小首を傾(かし)げた。

「すぐに分かる」

僕が言うと、アルマは再び首を傾げてきょとんとするが、僕はもう次の行動へと意識を向けている。

そばにやってきてくれたラプチノスの背中を、優しく撫(な)でた。

「いいか、今から、お前に乗るからな」

伝わっているのかは分からない。

しかし、ラプチノスは頷くように、首を縦(たて)に振って、鼻を鳴らした。

無茶なのは分かっている。

ラプチノスについて何十年も研究し、その上でラプチノスを手懐けることに成功した『ラプチノス調教日誌』の著者ですら、ラプチノスに騎乗するのには数カ月がかかったと書いていた。

しかし、無茶でも通さねばならない時がある。

今この場にゴーレムの背中まで届くジャンプ力がある者はラプチノス以外にいない。

ラッセルとエルシィがゴーレムの意識を引いているうちに、背後からラプチノスと共に僕がジャンプし、やつの魔晄石をアルマの〝奇跡〟付きの右手で取り外す。

それしか方法はない。

「いいか！　乗るからな！」

僕はもう一度大声で言って、ラプチノスの背中をぽんぽんと叩いた。

そして、僕はすぐにぐいとラプチノスの背中に腕の体重をのせて、片足をかけた。

「お、おお……」

なんとかまたがることには成功した。

ラプチノスは嫌がっている様子もない。

こいつ、本当に野生の生物かと疑いたくなるほどに僕に対して警戒心が薄いな。

今回に限っては本当に助かっている。

「よし……走れ！」

僕がそう言ってラプチノスの背中をばしりと叩くと、ラプチノスは即座に後ろ肢を動かし始める。

こいつ、人間の言葉が理解できるんじゃないか？

そう思ってしまうほどに、彼は僕のしてほしいことを忠実に行ってくれていた。

しかし。

予想はついていたことだが。

非常にバランスが悪い。

「うわっ！」

ラプチノスが数歩走ったところで、僕はその背中の縦揺れに耐えられず、ラプチノスから転げ落ちた。

地面に足がつき、すぐに激痛が走った。

「アッ!!!」

「アシタさん!?」

後方から走り寄ってくるアルマ。

僕は首だけ持ち上げて、アルマに言った。

「足の骨、折れちゃった」

「あ、治しますね」

アルマは僕が「ついてきて」と言った理由を正確に理解したようで、無駄な言葉は一切言わずに僕の足の治療を始めた。

『ラプチノスの騎乗は、トライ&エラーの繰り返しであった』

と、調教日誌にも書いてあった。

乗れるまで何回でも繰り返すぞ。

アルマが後ろに控えているというだけで、百人力な気分だった。

骨の十本や百本くらい折ってやってもいい。

ふとラプチノスの方に目をやると、ラプチノスは僕を心配するように、小首を傾げてこちらを見ていた。

こいつとなら、やれる。

そんな気がしていた。

「終わりました！　もう動かせるはずです！」

アルマがそう言うや否(いな)や、僕は立ち上がり、再びラプチノスの背中に乗ろうと試みる。

ラプチノスの背中につけた両腕にぐいと力を……入れすぎた。

僕はラプチノスの背中を飛び越えるような形でその身体を挟んだ反対側に転落する。

「アッ!!!」

思い切り左腕から着地して、僕はおなじみの情けない声を上げる。

「アシタさん!?」

再び駆け寄ってくるアルマ。

「左腕、折れちゃった」

「あ、治しますね」

トライ&エラーだ。

本屋の店員がダンジョンになんて入るもんじゃない！

第十話　骨を折ってでも、負けられない

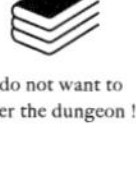

あと何分、この状況を維持することができるか。

身体が悲鳴を上げているのを完全に無視しながら、大剣を振り、ゴーレムの拳の軌道(きどう)を逸(そ)らす。

少しだけ遅れて、『ガキィン！』と、普段滅多(めった)に聞くことのない派手な金属音が鳴って、それと同時に腕の筋肉がミシミシと信じられない痛みを訴えかけてくる。

「ラッセル！　無理して攻撃受けすぎないで！」

ゴーレムの足元をすばしっこく走り回っているエルシィが俺を見て叫んだ。

しかし、今の状況では俺が注意を引かなければ彼女が危なかった。

「お前がすっ転びそうになったからだろうが！」

俺が大声で返すと、エルシィは唇を噛んでから、ゴーレムの足元から飛び出して、あえてその視界に入るよう派手に動いてみせた。

動物のような反応で、ゴーレムは俺からエルシィに視線を移し、エルシィを追いかけるべく

動き始めた。

「おい！　何してる！」

「少しだけあたしが気を引くから、あんたは腕のコンディション整えなさいよ！」

大剣を持つ腕にガタがきているのは、彼女にはお見通しだったようだ。

「クソッ……」

小声で呟いて、俺は右腕をぐりぐりと回した。

まだ、動かせる。

だが……いつまで、動かせる？

漠然とした疑問が、不安を生んだ。

俺もエルシィも、ゴーレムとの戦闘には慣れてきた。

体軀がでかいこともあり、ゴーレムの動きはあまり素早くはない。それに、あまり高度な知能も兼ね備えていないようで、その動きはとても単純だ。

視界に入る動くものすべてを敵として認識し、順番に攻撃する。ただそれだけ。

パターンが読めてしまえば大したことはない。エルシィが攻撃をかわし続け、かわせない攻撃は俺が受ける。そのルーチンで俺たち二人は致命傷を避け続けていた。

しかし、問題はこれがいつまで続くのかということだ。

ゴーレムは魔晄石からの魔力供給で動いているのだというが、アシタの説明からすると、そう簡単に尽きるエネルギーではなさそうだ。

それに対して、俺たちは普通よりちょっと頑丈なだけの人間で、いつまでも動き続けていれば体力的に限界がくる。

それまでにアシタがあいつをどうにかできなければゲームオーバーだ。

ちらりと後方のアシタとアルマを見やると、アシタはラプチノスに騎乗しようとして何度も転倒を繰り返している。

俺が背中を叩いただけで骨が折れてしまう人間だ。あんな落ち方をしたら、毎回何本かは折れているのだろうと思う。

アルマがすぐに治すとはいえ、その痛みは尋常(じんじょう)ではないはずなのだ。

……あいつは、自分一人で逃げようとは思わないのだろうか。

ふと、思った。

今回の冒険に関しては、アシタは災難に巻き込まれてばかりだ。

冒険者は最初から、ダンジョンで起こるすべての不幸を覚悟して冒険に挑むものだが、彼は冒険者ですらない。

エルシィのわがままに巻き込まれてこんなところまでやってきて、ゴーレムの意識が俺とエルシィに向いている今の状態でも、一人で逃げようとはしない。

どう見ても気の弱い彼の中の、一種の情熱のような何かを垣間見(かいまみ)て、俺は身体が熱くなるのを感じた。

大剣を握りなおし、エルシィに向かって何度も拳を繰り出すゴーレムに後ろから駆け寄った。

そして、その脚部に思い切り大剣で斬撃を叩きこむ。もちろん刃が通るわけもなく、派手な金属音を立てて、大剣は弾かれてしまう。が、ゴーレムの意識が確実にこちらを向いたのが分かった。

「ちょっとの間息を整えろ！」

エルシィに言って、俺の方を振り返るゴーレムと対峙する。

体力勝負になっては、明らかに生身の身体を持っている俺たちの方が不利なのだ。上手くリスクを分散して、体力の消耗を抑えながら戦うしかない。

……冒険者でないやつが一番に頑張っている状況なのだ。

そいつが答えを導き出すまでの時間を稼げずして、何が冒険者だ。

ゴーレムが拳を振り上げる。

俺は大剣を構え、自然落下にも近い、ゴーレムの拳の振り下ろしを正面から受けた。

――ガキィンッ！

今日は何度も何度も聞いた金属音。しかし、先ほどまでのそれとは少し違うのに、すぐ気がついた。

激しい衝撃の後、俺は急に両腕にかかっていた重みから解放されて、バランスを崩す。

少し遅れて。


――カァンッ！


という音が、自分の後方で鳴った。

視線でそれを追うと、そこには折れた大剣の刃が落ちていた。

慌てて手元を見ると、握っていた大剣は柄の部分より先がへし折られ、後方に吹き飛んでいたのだ。

やばい、と思ったところには、目の前のゴーレムはもう一度腕を振り上げていた。

大剣はなくなった。

あの拳を生身で受ければ、ただでは済まない。

脳みそがフル回転するのを感じた。身体が熱くなって、気付けば次の行動に移っている。

左手で地面に転がっていた大きな石をむんずと掴んで、身体を捻り、一回転させ、そして遠心力を利用して思い切りゴーレムの顔に投げつけた。

それでゴーレムの身体を傷つけることはできないが、急に顔に石を投げつけられて視界が狭くなったゴーレムは、振り下ろす拳の正確さを欠いてしまう。

「剣を折ったくらいで……」

大雑把に俺のいる方向に振り下ろされた拳に、へし折れた大剣の柄をスイングする。

「俺を倒せると思うなァッ！」

拳を受けた大剣の柄は、俺の手からすっぽ抜ける。そして、軌道の逸れたゴーレムの拳は、俺の肩をかすって、すぐ後ろの地面をえぐった。

スパッ、と、俺の肩が割れ、血を噴いた。皮膚は裂かれたが、筋肉は断裂していない。大丈夫だ。

「おい！　ラッセル!!　大丈夫か!?」

後方から声がした。アシタの声だ。

地面を蹴り、ゴーレムの間合いから離れてから、返事をする。

「大丈夫だ！　お前はお前のやれることをやってくれ！」

俺が返事をすると、アシタは少し呆けたように俺を見てからぶんぶんと何度も頭を縦に振って、そしてまたラプチノスへ騎乗しようと試みる。

エルシィが駆け寄ってきて、俺の肩を見た。

「ちょっと、大丈夫なわけ？」

「大丈夫だ。筋肉はやられてない。それより大剣がなくなったのはでかい。これからは、避けられない攻撃は……」

エルシィと会話をしている間に、気付けばゴーレムが目の前までやってきている。

俺はすぐにエルシィを突き飛ばして、目の前に転がっていた一メートル大の岩を両手で持ち上げる。

「……シオラァッ!!!」

そして、ゴーレムの拳がこちらに繰り出されるのに合わせて、岩を拳にぶつける。

目の前で岩が粉砕され、思わず目を細めたが、やはり相手の拳は俺の身体にまで到達していない。

「こうやって受ける!!!」

駆けだして、尻餅(しりもち)をついたエルシィを助け起こしながら俺が言うと、エルシィはクスリともせずに、

「アンタほんと馬鹿じゃないの!?」

と言った。

×　×　×

「アッ!!!」

「治しますね」

もう、何本の骨が折れたか分からない。

アルマも慣れたものである。

僕がラプチノスから落下するたびに、僕が着地する際に地面にぶつけた部分を正確に見極めて、僕が何を言わずともその部分に聖魔術をかけてくれた。

「はい。治しました」

「次こそ……」

僕はまた起き上がって、ラプチノスの背中に手をかけた。

急がなければならない。ラッセルの大剣がへし折られたのをついさっき見たばかりだ。

僕がもたもたしていては、本当にあの二人がやられてしまうかもしれない。

大丈夫、感覚は摑めてきたのだ。

幸い、ラプチノス自体は僕に乗られることを嫌がっていない。その時点で警戒心の強いラプチノスを一から手懐けて騎乗するよりもだいぶ緩い条件のはずなのだ。

しかし、背中の横面積がほとんどないラプチノスに上手に騎乗するにはコツが必要だった。

ラプチノスが走るたびに発生する揺れに合わせて自分も重心を移動しないといけない。重心がラプチノスから少しでもぶれると、僕は振り落とされてしまう。

そこで、僕は考えた。

『背中に乗ろう』と考えるのではなく、『しがみついてしまう』のが一番手っ取り早いのではないかと。

「よっと!!」

まず、ラプチノスの背中にまたがる。

そしてバランスを崩さぬうちに両手をラプチノスの首の付け根に回して、がっちりとホールドする。

ラプチノスの身体はつるつるとした硬い鱗（うろこ）で覆（おお）われているため、首に手を回したところで息は詰まらないようだ。

自然と前傾姿勢のような形になる僕の身体。

「よし！　走れ！」

ラプチノスに声をかけると、ラプチノスは鼻を鳴らして、走行を開始する。

さっきまでは、ラプチノスが十数歩走ったところには僕は振り落とされていた。

しかし、今は。

「もっと速く!!」

僕が大声でラプチノスに声をかけると、ラプチノスはさらに脚に力を込めて、速度を上げてゆく。

これだ。この状態。

ラプチノスの走行速度が上がったことで、僕の身体は空気抵抗を激しく受ける。

結果、僕はしっかりとつかまったラプチノスの首を起点として、下半身は浮き上がるような形になっていた。

またがってバランスをとろうとしたのがいけなかったのだ。

またがる、とは形のみで、ラプチノスの身体から完全に僕の身体が離されてしまわないように軽く両足で挟む程度だ。

ラプチノスが地面に足を着くたびに僕の股間がラプチノスの背中にぶつかって正直ものすごく痛いが、今はそんな悠長なことを言っている場合ではない。

「アシタさん!!　乗れてます！　乗れてますよ!!」

後方のアルマも興奮気味に声を上げた。

乗れている。

ラプチノスに乗れている。

「やったぞ――――っ!!!」

言いようもない達成感を覚えて雄たけびを上げるのもつかの間。

すぐに僕は最大の目標を思い出す。

ラプチノスに乗るのは手段であって目的ではない。

このままゴーレムの背面まで回り込んで、さらにラプチノスを跳躍させなければならない。

そして、僕がゴーレムの魔晄石を取り外すのだ。

……できるだろうか。

正直、脳内でやるべきことをシミュレートするだけでも、これらをすべて自分が成し遂げるビジョンがまったく想像できない。

しかし、やるしかないのだ。

ちらりとゴーレムを見ると、ラッセルとエルシィが完全に注意をひきつけてくれているおかげでこちらには目もくれていない。

今のうちだ。

「ラプチノス！　このままゴーレムの裏側まで回るぞ！」

僕の声に、ラプチノスがぐいとゴーレムの背面に回るように大きく方向転換をした。

何度も思うが、本当にこいつは人間の言葉を理解しているとしか思えない。

本で読んだ以上に、賢い動物なのかもしれない。

「ストップ！　ストップ！」

完全にゴーレムの背後に回った僕とラプチノス。

一度そこで僕はラプチノスを停止させた。

ラプチノスは僕を振り返って、なんだよ、と言わんばかりに僕の顔をまじまじと見つめた。

「このまま助走をつけてゴーレムに向けてジャンプするぞ。できるか？」

僕が尋ねると、ラプチノスはその場で突然、僕を乗せたままぴょんと跳ねた。

「うぉっ……ジッ!!!」

ラプチノスがドスッと着地するのと同時に、僕の股間にラプチノスの背骨が激しくぶつかった。

どうだ、というふうにもう一度振り返って僕を見るラプチノス。

「……お、おう……ナイス……」

息も絶え絶え、僕はラプチノスに親指を立ててやる。

やることはしっかりと伝わっているようだ。

本当に、賢い魔物だ。ただし、僕の股間に対する配慮はいささか足りていない。

アルマに「僕の股間に聖魔術をかけてくれ！」と言いたいくらいに股間が痛んでいるが、どう考えてもアウトな発言なので僕はぐっとこらえる。

深呼吸をして。

僕はゴーレムの背中を睨みつけるように凝視した。

背中の中心部に、蒼く光っている鉱石が見える。

魔暁石だ。

アルマの聖魔術のかかった右腕でゴーレムの表面に張られたバリアを排除して、魔暁石を取り外すのだ。

僕が成功させれば、全員が助かる。
「よし……」
ラプチノスを走らせる。
ラプチノスをジャンプさせる。
そして、僕も、跳ぶ。
やることは単純だ。
何度も頭の中でイメージする。
そして。
「行くぞ!!」
大きな声でラプチノスに声をかける。
ラプチノスはそれを合図に、全力で駆けだした。
どんどんとスピードが出てゆく。
ゴーレムとの距離が詰まってゆくにつれて、僕の鼓動はどんどんと速まっていった。
あと、数十メートル、数メートル。
ゴーレムとの距離はあっという間に詰まって。
僕は覚悟を決める。
「跳べぇぇぇぇぇぇぇッ!!!!」

僕が叫ぶと、ラプチノスは地面を強く、強く蹴った。

そして、とんでもない脚力で、ゴーレムに向かって跳躍した。

「うぉぁぁぁぁぁぁぁぁ！！！」

今まで味わったことのない浮遊感に恐怖しながら、僕はラプチノスの背中に足を引っかけ、さらに、跳んだ。


世界がスローモーションになったような、そんな感覚だった。

ゆっくりと、ゴーレムに向かって跳躍する僕の身体。

ゴーレムの向こう側には、呆気にとられた表情で僕を見るラッセルとエルシィがいる。

迫るゴーレムの背中。

こんなの、どんな本でも読んだことがない体験だ。

……ああ、そうか、これが冒険なのか。

こんなに危なくて、こんなにドキドキして、そして、こんなに……。

僕は慣性の赴くままに、聖魔術のかかった右手を突き出して、ゴーレムの背中に突撃した。

「壊れろ!!!」

そして、僕の右手がゴーレムの背中に触れる。

ピシッ!!!

何かが割れるような音と共に、ゴーレムの全身から放たれていた薄青色のオーラが消えたのが確認できた。

どうやら、結界の無効化に成功したらしい。

それと同時に。


——ゴキィッ!!!!


「フン!?!?!?!」

僕は、あらぬ方向に自分の腕がひん曲がる瞬間を見てしまった。

よくよく考えれば、当然の結果だった。

鋼鉄に近い硬度のゴーレムのボディに、ラプチノスが全力疾走した勢いのまま飛び込んだのである。しかも、右手を無防備に突き出して。

「痛っっっっ!!!!」

腕がへし折れたのを認識した瞬間に、激痛が右腕を襲う。

「あぁっ!?」

それより、魔晄石を……！

慌てて左腕をゴーレムの背中に伸ばしたが、もう遅い。

僕の身体は落下を始めていた。

そして、自由落下を始めてから僕が着地するまでは一瞬だった。

落下した僕は、背中から地面に打ち付けられる。

「ぐっ……は……！」

バキッ、という音や、ミシッという音が自分の体内から鳴ったのを、はっきりと聞き取った。

今の着地で何本骨が折れたか分からない。

着地と同時に、僕はどうしようもない絶望感に苛まれた。

終わった。

僕は、失敗したのだ。

結界を無効化することには成功したが、肝心の魔晄石を取り外すことはできなかった。

ゴーレムは、まだ起動している。

背中から突然の突進を受け、さらに自分の防壁壁を破壊されたのを感じ取ったのか、ラッセルたちに気をとられていたゴーレムもゆっくりと僕を振り返る。

そして、地面に仰向けになっている僕を認識して、身体をこちらへ向けた。

「アシタ!!」

エルシィの悲鳴に近い呼び声が聞こえる。

ぐっと全身に力を入れて起き上がろうとするが、身体は動いてくれない。

ゴーレムが右拳を振り上げようとするのが視界に映る。

「うおぉぉぉぉぉぉぉ!!」

ラッセルが再び自分にゴーレムの意識を引き付けようと、ゴーレムの脚部に突進攻撃をしかけたが、ゴーレムは振り向かない。

終わった。

僕はここで死ぬ。

打てる手はすべて打った。

もう仕方がない。

僕の方へ完全に体を向けたゴーレムをまじまじと見ながら、僕は妙に悟ったような気分になり……。

ん?

〝僕の方へ完全に体を向け〟た?

ゴーレムの今の状況を見て、僕の脳が一気に覚醒する。

そうだ、今のゴーレムにはもう魔力障壁も、物理障壁もない。

そして、ゴーレムは今〝僕の方を向いて〟いるのだ。

気付いてから、僕が叫ぶまでは早かった。

「エルシィ!!!」

ゴーレムの拳が、高く振り上げられる。

僕は、ありったけの力を込めて、叫んだ。

「背中の魔晄石を、射て!!!」

僕が言うや否や、ゴーレムの背後にいたエルシィは素早く弓を構え、矢をつがえた。

ゴーレムの右腕が振り下ろされる。

「アシタさんっ!!!」

「アシタ!!」

アルマと、ラッセルの叫び声が聞こえる。

僕はぎゅっと目を瞑って、その時を待った。

おそらく、僕がゴーレムの拳に叩き潰されるのは免れられないだろう。

しかし、僕をデコイとして、他三人は生き延びることができる。

全員共倒れ、という最悪な展開だけは回避できた。

本屋の店員にしては頑張ったと思う。

あとは、痛みを感じるまでもないように、ゴーレムが一瞬で全身を叩き潰してくれるのを待つだけ……。

ってちょっと拳振り下ろすの遅すぎでは!?

僕が目を開くと、ゴーレムは拳を振り下ろす途中のポーズで停止していた。

「えっ……」

僕が絶句していると、ゴーレムの〝目〟が、どんどん色を失ってゆく。

ゴーレムの身体から常に鳴っていた重低音も、だんだんと音量が小さくなっていった。

ハッとしてエルシィの方を見ると、構えた弓からは、すでに矢は放たれた後だった。

僕を見て、ニッとエルシィが笑った。

ま、間に合ったのか……。

安堵(あんど)の感情が胸中を支配して、僕は大きなため息をついた。

光っていたゴーレムの〝目〟は完全にその光を失い、すぐに〝身体〟を形成していた遺物はガラガラと崩れて、再びただの白い塊(かたまり)の集合体へと戻った。

「……終わった、のか?」

ラッセルがきょとんとしつつ、呟いた。

僕は、首だけを上げて、ラッセルの方を見る。

そして、口角を上げて、言った。

「どうやらそうらしい」

僕の言葉を聞いて、皆が顔を見合わせる。

そして、数秒の間を空(あ)けて。

皆ほぼ、同時に。

「よっしゃぁぁぁぁぁぁ!!!」

ラッセルが拳を高く突き上げ。

「やった――――っ!!!」

エルシィは無邪気にぴょんと飛び跳ね。

「はぁぁぁ……」

アルマは安堵のため息をつき。

「……ゲホッ」

僕は血反吐(ちへど)を吐いた。

朦朧(もうろう)とする意識。

霞(かす)んでゆく視界。

僕の目が閉じられる寸前、こちらに向かって駆けてくるラプチノスの姿が見えた。

今日は、お前に助けられてばかりだったな。

本当にありがとう。
ラプチノスに投げかけたかったその言葉は、口にすることができなかった。
目を閉じるのと同時に、僕は思い出す。
まだ、古代エルフ文明史書、読んでないんだけどなぁ。
そんなことを考えながら、僕は意識を手放した。

第十一話　ただただ、読書がしたい

店長が突然旅に出ると言いだした時、僕は彼に訊いたのだった。

「なんで急に旅になんて行くんですか」

それは、素朴な疑問だった。

店長は、常に本を読んでいた。

僕の二倍以上は生きていたし、その年数だけ、本を読んでいた。

彼ほど本を愛している人間はいないのではないかと思うほどに、僕から見た彼の人生は、読書と共にあった。

そんな店長が、急に「旅に出る」と言いだしたのである。

僕の質問に対して、店長は静かに答えた。

「私はね、本が書きたいんだよ」

そう言って、店長は笑ったのだ。

僕は、店長の答えに納得がいかず、続けて質問をしてしまった。

「本が書きたいのと、旅に出るのに何の関係が？」

「あるとも、大ありだ」

店長は肩をすくめて答えた。

書店のカウンター奥に設置された、彼の愛用するふかふかのチェアに腰掛けて。

カウンターに置いてあった分厚い本を手に取った店長は、ぱらぱらとそのページをめくる。

「私が本を愛している理由はね」

ページをめくりながら、店長は静かに語った。

「本が、『人生そのもの』だからだよ」

「……店長の？」

「はは、私の人生も確かに本に捧げているようなものだが、今言っているのはそういうことじゃない」

けたけたと笑って、店長は本を閉じる。

そして、表紙に記されている著者の名を指でスッとなぞった。

「著者の『人生』が、本には詰まっているのさ」

その発言にも僕は首を傾げたが、店長は気にせず言葉を続けた。

「著者は、著者が生まれた時代に生き、物を食べ、何かをし、そして、何かに興味を惹かれた。起きたり、眠ったりして。何かに夢中になったり、悩んだりして」

店長は愛おしそうに、手元の本の表紙を指で撫でる。

「そして、この本を書いた」

店長は顔を上げて、僕の顔をじっと見た。

「本の中には、〝その著者だけの輝き〟が詰まっている。すなわちそれは、著者の人生そのものさ」

そう言って、店長はにこりと笑った。

「……だから、旅に出ると？」

僕が尋ねると、店長はそれが自明であるように、頷いた。

「そうだよ。私でなくては書けない本を、書くためにね」

その時は、店長の言葉の意味はいまいち分からなかった。

しかし、今なら。

少しだけ、分かるような気がするのだ。

冒険者に本屋の外に連れ出されて、僕はダンジョンの過酷さを知った。

それと同時に、冒険者がいかに冒険のプロであるかを知った。

ラプチノスの恐ろしさと賢さを知ったし、ゴーレムの大きさと、その暴力的なまでの怪力を知った。

どれも、本で読んだことがあったので、知識としては頭の中にあった。

しかし、自分で体験して実感の伴（ともな）ったそれは、本で読んだ情報とはまったく別の印象を僕に与えたのだった。

この体験は、きっと、今の時代を生きる僕だけが得られたものなのだと思う。

僕は、本を読んで生きてきた。

これからも、そうしてゆくつもりだ。

でも、それだけでは、いけないのだろうか。

そんなことを考えた途端に、店長が恋しくなった。

店長に今の気持ちを相談すれば、きっと店長は笑って、何かしらの答えをくれただろう。

ああ、店長は今どこで、何をしているのだろうか。

×　×　×

「てん……ちょ…………………ん」

何か夢を見ていたような気分の中、ゆっくりと目を開くと、見たことのない天井が目に映った。

「……ん!?」

僕はガバリと身体を起こし、きょろきょろと周りを見回す。

ど、どこだここは……。

記憶を掘り返しても、この部屋は僕の来たことのないところで間違いなかった。

僕が状況を把握できずにあたふたしていると、部屋の扉がガチャリと開いた。

「あ、起きた」

見慣れない部屋に入ってきたのは、見慣れた顔だった。

「……エルシィ」

僕が呼ぶと、エルシィは少しほっとしたような表情で軽く息を吐いた。

「いやぁ、起きてくれて良かった。そろそろ腹に一発入れて叩き起こそうかと思ってたところだったんだよ～」

〝ところだったんだよ～〟、ではない。サラッと恐ろしいことを言うのはやめろ。

心中で苦言を呈（てい）していると、そのまま表情に出ていたようで、エルシィが失笑する。

「はは、冗談冗談。身体は平気？」

言われて初めて、僕は自分の身体に意識が向く。

身体を左右に捻（ひね）ってみたり、腕を回したり。

そして手を開いたり閉じたりしてみて。

「……特に問題はなさそうだな」

僕が答えると、エルシィは今度は本当に安堵（あんど）したように、深くため息をついた。

「アルマに感謝しなよ。半日くらいつきっきりで魔法かけてくれてたんだからね」

エルシィがそう言って、僕が寝ていたらしいベッドの横の簡素な椅子に腰掛けた。

エルシィの発言に、僕は自分の体温が一気に上昇するのを感じた。

「ま、まさかここはアルマの家だったりするのか？」

僕が訊くと、エルシィはふんと鼻を鳴らして、肩をすくめた。

「残念、ここはあたしの家なんだな」

「…………なんだ」

「本当に残念そうな顔しないでよ」

エルシィは唇を突き出して、ムッとした表情になる。

そして、小さな声で続けた。

「ああいうのが好きなわけ」

「え、なにが」

僕が訊き返すと、エルシィは眉にシワを寄せて僕の寝ているベッドをガンと蹴った。

「だから、ああいう女がいいわけ、って訊いてんの」

「アルマのことか？」

「そう！」

食い気味で言われて、僕は頭をポリポリと掻いた。

まあ、可愛いとは思う。本当に。

素直に、僕は頷いた。

「まあ、好みだな」

「……ふぅん」

エルシィはなぜか悔しそうに口をへの字に曲げる。

「女に興味がないのかと思ってた」

そう言って、エルシィはそっぽを向いた。

待て、何か誤解をされている気がする。

僕は慌てて補足した。

「好みだけど、別に惚れてるとかそういうんじゃないぞ」

「は？　一緒でしょ」

「いや、違うだろ」

顔や挙措が好みだからといって、その人間そのものに惚れきってしまうわけではない。

「女に興味がないわけではないけど、恋愛には興味はない」

僕は本心からそう言った。

恋愛は小説などで読む分には面白いが、自分でするには実感が湧かないのだ。

読書で、〝主人公〟と〝自分〟を切り離しているのが常だったせいか、僕は自分の恋愛感情には不感症になっていた。

だから、女の子を可愛いと思うことはないとは言わない。

口にはしないが、エルシィのことも、美人だなとは常々思っているのだ。

しかし、そこに恋愛感情のようなものは一切ない。

自分が誰かと男女の仲になることなど、想像もつかない。

僕が言いきったのを聞いて、エルシィは再び眉根を寄せた。

「……ふぅん」

「なんだよその顔は」

「別に」

再びそっぽを向くエルシィに怪訝な視線を投げるが、すぐに僕の思考は他のことが気になりだした。

「それより、あの後どうなったんだよ」

ゴーレムが活動を停止した、あの後である。

あそこで記憶が途切れて、現在地がエルシィの家となれば、僕は気を失ったままここに運び込まれたのだろう。それくらいは分かる。

「商人たちは動いたのか？　……というか、どれくらい時間が経ったんだ？」

僕が訊くと、エルシィは苦笑する。

そして、僕に見えるように右手で三本の指を立てた。

「三日、だよ」

三日。

……三日？

「え、三日も寝てたのか？」

「そう。だからそろそろ腹にパンチしてでも起こそうかなって思ってたの」

さっきそれは冗談だと言っていなかったか。

僕が間抜けに口を開けて自分の眠っていた日数に驚いていると、エルシィは構わず状況説明を続けた。

「あの後、私が砕いちゃった魔暁石を拾い集めて、ついでにアシタも回収して帰ったんだけど」

「ついでとか言うなよ」

「商人たち、魔暁石で大喜びしちゃって。それでゴーレムの話をしたらもうひっくり返って驚いてて」

それは、そうだろうなぁと僕は苦笑する。

魔暁石もゴーレムも、もはや伝説に等しい物質や兵器だ。

まさか辺境の洞窟ダンジョンに埋まっているとは誰も思ってもみなかっただろう。

「とりあえず、魔暁石とゴーレムの〝ボディ〟の分の報酬はもらえたから、すでに山分けして、ラッセルとアルマは自分の拠点に帰ったよ」

「そうか……」

　僕が気を失っている間に、いろいろなことが済んでしまっていたようだ。

「アルマとラッセルには、礼を言いたかったんだけどな」

　僕が呟くと、エルシィは一瞬きょとんとした後に、ふふ、と笑い声を漏らした。

「そういうとこ、義理堅いよね、アシタって」

「いや、別に……」

　散々迷惑かけたしな。

　ラッセルには迷惑もかけられたと言えないでもないが。

　ただ、ラッセルがいなければゴーレムの意識を逸らし続けることは不可能だったろうし、アルマが何度も聖魔術をかけてくれたおかげで僕は生き残ることができた。

　命を救われた礼は、直接したいものだ。

「まあ、生きてればまた会えるって」

　エルシィはあっけらかんと言って、そんなことより、と近くのテーブルに置いてあった麻袋を手に取った。

　そして、僕にずいと渡してきた。

「ん」

「え、なんだよ」

「分け前」

ああ、そうか。

そういえば魔暁石とゴーレムの身体は商人が買い取ったということだったな。

僕は頷いて、その麻袋を受け取る。

そして、その重さに腕が持っていかれかける。

麻袋と共に一気に、地面まで落ちそうになる腕を、ぐいと力を入れて止めた。

「重っ!!!」

僕が慌てながら感想を言うと、エルシィはにんまりと笑って、言った。

「金貨六百枚入ってるからね」

「ろっぴゃ……は!?」

僕は口をあんぐりと開けて、すぐに麻袋の紐をほどいた。

「うわ……」

本当に、麻袋の口いっぱいに、金貨が入っていた。

金貨六百枚といったら、僕が情報を売って稼いでいる〝一年間の〟売り上げの倍を軽々と飛び越えるような額だ。

「え、四人で割って、これってことだよな……?」

「もちろん」

　エルシィはうんうんと頷く。

「それもこれも、あれが魔暁石だってアシタが気付いたおかげ」

「え、でも砕いちゃっただろ？」

　エルシィが放った矢で、魔暁石は砕け散ったはずだ。

　僕の問いに、エルシィは頷いて、すぐに首を横に振った。

「砕けたんだけど、魔力は消えなかったみたい。それどころか砕けた破片のそれぞれが魔力を発し始めてね」

「ま、まじか……」

　結晶としての価値は下がったが、結果としては魔暁石の数が増えたのと同義、ということか。

　不幸中の幸いとはこのことだ。

「だから、普通に売れた。で、その分け前ってことだから、遠慮せずに受け取って」

「で、でも僕、ひたすら足手まといだったし」

「いいから。受け取る！」

　エルシィは僕に麻袋をぐいと押し付ける。

　そして、今度は、背後から一冊の分厚い本を取り出した。

　そ、それは……。

僕の目が輝く。

「あと……はい、これ。約束してた」

「古代エルフ文化史書！！！！」

僕は飛びつくように本を受け取る。

「金貨より全然嬉しそうじゃん……」

エルシィが苦笑する。

やっと。

やっと手に入った。

パラパラと中身をめくると、落丁もなく、文字もはっきりとしている。

きちんと、読むことのできる状態で手に入ったのだ。

「やった……！」

僕が感動に打ち震えていると、エルシィは、自分の膝に頬杖をついて、首を傾げた。

「ねえ、アシタってさ」

そこで言葉を区切って、彼女は僕をじっと見る。

「なんでそんなに、本が好きなの？」

その質問に、僕は一瞬言葉を詰まらせた。

なぜ、僕は本が好きなのだろうか。

考えたこともなかった。

ふと、旅に出た店長の言葉が、脳裏をよぎる。

本は、人生そのものだ。

と。

それを思い出した途端に、僕の口から自然と言葉が零れていた。

「本が……本が僕に、『体験』を与えてくれるからだ」

そう。体験。

僕の生きる人生では到底手の届かないような、多くの体験。

「椅子に座って、ページをめくる。僕はそれしかしていないのに、本の中にはたくさんの歴史や物語、真実、感情……いろいろなものが詰まっているんだ」

僕がゆっくりと語るのを、エルシィは目を細めて、黙って聞いていた。

「これは店長の受け売りだけど、本には『著者の人生』が詰まってるんだ。著者が人生の中で書いた、命のこもった〝文字〟が、本となって僕の前にある。……だから、僕は読まなければいけないんだ」

読まなければいけない。

自然と、そう口に出た。

読みたい、ではない。

読まなければいけない、と、そう言った。

「僕が読めば、その著者の書いた本に〝意味〟が生まれる。あなたの書いた本は、ちゃんと、後世の誰かに届いたよと。僕が受け取ったよと。僕が証明する」

そこまで言って、僕は深く息を吐いた。

そして、最後に、ぽつりと言う。

「だから、僕は本を読む。読める限りの、本を」

そう言って視線を上げると、エルシィはいつの間にか椅子の上で器用に足を組んで座っていた。

そして、なんとも言えない微笑みをたたえて、僕をじっと見ていた。

「な、なんだよ……」

「んーん」

今更になって、恥ずかしいことを熱く語りすぎたと思い、顔が熱くなる。

しかし、エルシィは首を横に小さく振って、その後に一言。

「なんか、いいね」

ただ一言、そう言った。

それ以上の意味も、それ以下の意味も持たない言葉。

しかし、きっぱりと言い放たれたその言葉は、妙に僕の心に気持ちよく響いた。

少しの静寂(せいじゃく)が訪れる。

僕もエルシィも、何も言わなかった。

しかし、僕はエルシィに言わねばならないことがある。

正直、あまり言いたくはない。

しかし、言わねばならぬものは、言わねばならぬ。

「エルシィ」

僕が呼ぶと、エルシィは小首を傾げて僕を見た。

僕はエルシィから目を逸らし、非常に、非常に小さい声で言った。

「……助けてくれてありがとう」

エルシィは、目をまんまるに広げて、その後に、急に噴き出した。

「ぷっ、あはは！」

「おい！　なんだよ人が真面目(まじめ)に！」

「だ、だって……」

エルシィは組んでいた足をほどいて、足をぴょんと伸ばした。

そして伸ばした足をばたばたと振りながら、可笑(おか)しそうに肩を震わせる。

な、なんだよ……何度も助けてもらったから礼を言っただけだろうに。

納得のいかない気持ちで、クスクスと笑うエルシィを見ていると、エルシィは笑いすぎて出た目尻の涙をすくいながら、言った。

「アシタはほんっっっとに弱っちいんだからさ。そりゃ助けるって！」

「お前な……」

「ふふっ、でも、そうだね。どういたしまして、と言っとこう」

そう言ってエルシィは、今日一番の笑みを浮かべたのだった。

その屈託のない笑顔に、僕は少し頬が熱くなるのを感じながら、視線を床に泳がせた。

「さ、起きたんなら本屋まで送ってくよ」

椅子からぴょこんと立ち上がってエルシィが言う。

「早く本、読みたいもんね？」

「ああ、そうだな……」

僕の手元にある『古代エルフ文化史書』に目線を送りながら彼女はくつくつと肩を震わせた。

ようやく、帰って読書ができる。

本当に長く感じる冒険だった。

手元の本をぎゅっと握る。

やはり僕はダンジョンに潜るよりも、本を読んで過ごす方が合っているのだ。

当分は、ダンジョンになど潜ってやるものか。

ひたすら本を読んで過ごすのだ。

そこまで考えて、僕はふと自分の思考を疑った。

……〝当分は、ダンジョンになど潜ってやるものか〟、だと？

〝当分〟ではない。〝一生〟だろう。

二度と、冒険などするものか。

思いなおして、僕は鼻を鳴らした。

しかし、胸の中には、ラプチノスと、そしてゴーレムと対峙(たいじ)したときの、良い意味とも悪い意味とも言える〝ドキドキ〟がこびりつくように残っていた。

「え？　あ、ああ……」

「ほら、なにぼーっとしてんの」

エルシィに声をかけられて、僕はハッとした。

「さっさと荷物まとめて。本屋行くよ」

「おう」

本と、金貨の詰まった麻袋をぎゅっと握る。

読みたかった本は手に入った。

そして、資金も増えた。

これからは読書にどっぷりひたることができる毎日に戻るのだ。

そう思った僕の胸中に、〝嬉しさ〟とそれと同時に〝物足りなさ〟が生まれていたのを、僕は気付かないふりをした。

第十二話 謙遜はやめてほしい

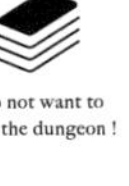

「あ、来てくれたんですね」

こぢんまりとした民家の扉をノックすると、中からつい最近世話になった聖魔術師（プリースト）が顔を出した。

「身体はもう平気ですか？」

そう言って小首を傾（かし）げてみせるのは、聖魔術師のアルマだった。

前回の冒険で着ていた白いローブではなく、今日は上半身に綿を編んで作られたゆったりとした服と、下半身は黒いロングスカートという姿をしている。

落ち着いた雰囲気の服がよく似合っていて、僕は少しどきりとしてしまった。

「おかげさまで」

彼女から目を逸（そ）らしながら僕がそう答えると、アルマはにこりと微笑んで、扉を大きく開いた。

「さ、どうぞ」

僕は小さく頷いて、アルマの自宅へ足を踏み入れた。

×　×　×

遡ること数日前。

エルシィの自宅から本屋へ帰った僕は、あることを思い出す。

「あれ、ラプチノスはどうなったんだ？」

僕を守ってくれた大切な相棒だ。

眠っている間に、あいつはどうなったのだろう。

エルシィに尋ねると、ああそういえば、と彼女は手をぽんと叩いた。

「ラプチノスはアルマが預かってくれてる」

「アルマが？」

意外な展開に、僕は思わず眉根を寄せた。

あのおとなしいアルマが、ラプチノスを連れて帰ったとはどうも想像がつきにくい。

「ちょっとむかつくんだけどさ」

いつものようにカウンターに頬杖をついて、エルシィは悪態をついた。

「あいつ、あたしとラッセルのことは蹴飛ばしたくせに、アルマの言うことは聞いたの。だから、アシタが起きるまではあの子が預かるってことになって」

「ふっ」

「なんで笑ったの今」

ラプチノスがエルシィを蹴飛ばす光景を想像して失笑してしまった。

「怪我しなかったか？」

「え、なにが」

「蹴られた時だよ」

僕が訊くと、エルシィはきょとんとして、すぐに少しだけ頬を赤くした。

「しないよ、子供じゃないんだから」

「いや、ラプチノスに攻撃されたら大人だってひとたまりもないっての……」

つまりラプチノスも本気で蹴り飛ばしたというわけではないようだ。

本当に、賢い動物だと思う。

しかし、アルマの言うことだけは聞いたというのも不思議な話である。

あれだけの……詳細は省くが、壮絶なやりとりをした僕にラプチノスが懐いたのはまだ納得できる。まあ、それも奇跡に近い何かではあったと思うが。

ただ、アルマはラプチノスと接触を持っていた様子も特にない。それどころか近づこうともしていないように見えた。

疑問は残るが、とにかくアルマが預かっているということならば、返してもらいに行かなくてはならない。

あのラプチノスは僕が手懐けたのだから、僕が飼う。

妙にラプチノスに対して愛着が湧いてきているのを感じていた。

「アルマの家の場所、知ってるか？」

「……知ってるけど」

「けど？」

僕が訊くと、エルシィは僕をじとっとした目で見た。

「押しかけて変なことしないよね」

「しねえよ!!」

相変わらず失礼なやつだ。

僕をなんだと思っている。

エルシィはため息をついて、僕に何かを要求するように手を差し出してきた。

「え、なに」

「書くものちょうだい」

「ああ……」

地図でも書いてくれるのだろうか。

僕はカウンターの下に潜り、積んであるメモ用の紙を一枚手に取った。

「お前は来ないのか？」

紙と羽根ペンを手渡しながらエルシィに訊くと、エルシィはスラスラと図のようなものを描きながら答える。

「あたし、ちょっと数日トラトリオに行かなきゃだから。行くなら一人で行って」

「トラトリオ？　何の用だよ」

トラトリオはここから西に進んだところにある、海沿いの貿易都市だ。

魚料理が美味しく、また、全世界の冒険者ギルドを取りまとめる総本山もそこにある。

しかし、ここからはかなり距離のある街だ。

商人から魔車を借りて全速力で走らせたとしても、三日か四日はかかるだろう。

僕の問いに、エルシィは一瞬図を描く手を止めて、ちらりと目線だけ僕に寄越した。

「何の用でもいいでしょ」

「まあ、そうだな……すまん」

立ち入ったことを訊いてしまった。

彼女も冒険者だ。いろいろあるのだろう。

心中で反省していると、エルシィは小声で「別に謝らなくてもいいけどさ」と呟いた。

「はい。これ地図ね」

「おお……」

エルシィが寄越した地図を受け取って、僕は感嘆の声を漏らした。

「アルマはこの前行ったイシス二番街からちょっと歩いたところに住んでるよ」

「そうみたいだな」

手渡された地図には、エルシィと防具を買いに行った時に待ち合わせた噴水前広場から、アルマの家までの道筋と目印が描き込んであった。

な、なんというか……。

「意外だ……」

僕が呟くと、エルシィは首を傾げた。

「何が？」

「いや、エルシィがこんなにきれいな地図を描くタイプだとは思ってなくてな」

「なにそれ」

エルシィはぷぅと頬を膨らませた。

改めて地図に目を落とすと、広場からの通路と、目印が本当に細かく描き込まれている。図の綺麗さにも驚くのだが、ここまで街の中の情報を記憶していること自体に驚いてしまう。

「これなら絶対に迷わなそうだ。よくここまで詳細に覚えてるよな」

僕が言うと、エルシィは自分の髪の毛をくるくるといじくりながら、少し照れたように答えた。

「普通でしょ」

いや、どう考えても普通の記憶力ではないと思うのだが……。

普段から様々な街を渡り歩いているエルシィからすれば、これくらいは朝飯前ということなのだろうか。

「まあ、とりあえず地図は渡したから。好きな時に行けばいいんじゃない」

「今日、行こうかな」

「……アシタにしてはフットワーク軽いね。そんなにアルマに会いたいの」

エルシィが再びじとっとした視線を送ってくるので、僕は慌てて首を横に振った。

「ラプチノスを迎えに行きたいんだよ！　あいつは僕が手懐けたんだから」

「ふぅん……」

半信半疑、といった様子でエルシィは僕から視線をはずして、カウンターからがたりと立ち上がった。

「じゃ、行くね」

「ちょちょ、待て待て」

店の扉へ歩みを進めようとする彼女を、僕は呼び止めた。

「なに」

ってくる。

「ほら、これ」

僕がエルシィに手を差し出すと、エルシィは訝しげな表情を浮かべながらカウンターまで戻

「なにこれ」

「いいから、手出せよ」

僕はぎゅっと握った拳を前に出したまま、エルシィに掌を上に向けて差し出すよう促す。

エルシィは首を傾げながら、言われたとおりに僕の拳の下に手を差し出した。

僕は握っていた拳をぱっと開き、手に持っていた金貨をエルシィの掌の上に落とした。

「え、なに」

エルシィは困惑したように掌の上の金貨に目をやって、その後に僕を見た。

「地図描いてくれただろ」

「え、いいよ別に。あんなの」

エルシィが金貨を返そうとしてきたので、僕はそれをぐいと押し戻した。

「地図くれなかったら僕はアルマの家への行き方が分からなくて困っただろうから」

「紙もペンもアシタのでしょ」

「情報はタダじゃないんだ」

僕がダメ押しのように強くそう言うと、エルシィは渋々頷いて金貨をポケットにしまった。

よし。

ダンジョンに潜る前に、僕には納得できない理屈で金貨をこいつに掴まされたからな。

ささやかな、仕返しである。

さて、得るべき情報は得た。ラプチノスを迎えに行こう。

エルシィを見送った後、僕はちょっとした旅支度をして、本屋を出た。

×　×　×

と、いった事情で、今アルマの家にやってきたわけなのだが。

「どうぞ、楽になさってください」

「あ、はい……」

妙に、緊張してしまう。

比較的生活感のなかったエルシィの家に対して、アルマの家はなんというか……。

視線だけを動かして、室内をぐるりと見回した。

木でできた食卓の上には、かわいらしい薄ピンク色のテーブルクロスがかかっている。

アルマが立っている台所にも、小さなお皿やカップなど、それらを使って普段食事をしているだろうことが分かる小物が溢(あふ)れていた。

こころなしか、甘い、良い匂いがするような気もする。

とにかく。

女の子の部屋だった。

「何か飲みますか？」

「あ、えっと、お任せで」

「ふふ、ではリョクチャでも淹れましょうか」

にこりと笑って、アルマは床に置いてあった壺のような入れ物から何本かの小枝と薪を選んで取り出した。

そして、火鉢の中に丁寧に並べて。

「ほっ」

そこにアルマが手をかざすと、薪と小枝に火がついた。

何事もなかったかのようにアルマはその上に、水の入ったやかんを吊るした。

「おお……それも聖魔術か？」

聖魔術については本でいろいろと読んだことがあるが、さすがに火をつけるのに聖魔術を応用するという話は聞いたことがない。

僕が尋ねると、アルマは少し照れるように視線を火鉢の方にやりながら答える。

「今のは、ちょっとした黒魔術ですね」

「ちょちょちょ、ちょっと待て。アルマは聖魔術師(プリースト)なんだよな？」

僕の質問に、アルマは首を縦(たて)に振る。

「そうですね」

「でも、黒魔術を使うのか？」

「ええ。聖魔術を専(もっぱ)らとしているだけで、他の魔術も少しはかじっています」

その答えを聞いて、僕は口をぱくぱくとさせた。

高位の魔術師は自分が得意とする魔術以外を行使する場合もある、ということは本にも記述があったが、そんなことができる魔術師を自分が目にするとは思ってもいなかった。

「アルマは高位魔術師なんだな……」

僕が呟くと、アルマはうーんと唸(うな)ったあとに、小さく頷いた。

「一般的な基準では……そう呼ばれる程度の実力はあるのかもしれませんね」

「謙遜(けんそん)するなよ。すごいことじゃないか」

「い、いえ……なんというか」

アルマは僕に背中を向けて、もじもじと身体を揺すった。

「褒(ほ)められることにはあまり慣れていないので……」

「そうなのか」

これだけの魔術の才があれば、普段から多くの人に褒められそうなものだが……。

僕が疑問に思っていると、やかんがカタカタと震えだし、湯気が立ち上りはじめた。

「あ、沸きましたね」

「早いな……」

まだ火をつけてから数分しか経っていないような気がするが……。

火を見ると、普段目にする赤い炎とは違い、青い光を放っていた。

「温度が高いのか……」

「え？」

「あ、いや、すまん独り言だ」

炎は、その燃焼効率が高まれば高まるほど温度が上がり、そして青く燃えるという。

僕たちがふだん焚火をするときは炎は赤く燃え、とうてい青くなるようなことはないが……。

〝かじった〟程度の黒魔術でも、燃焼効率の高い炎をおこすことくらいは容易だということなのだろうか。

黒魔術師と会ったことがないので、なんとも判断がしづらい。

僕が炎をまじまじと見つめていると、台所からふわりと、苦いとも甘いともつかない香りが漂ってくる。

「ん……？」

僕がその香りに反応を示すと、アルマはぱぁと表情を明るくした。

「リョクチャの香りですよ」

「リョクチャって……確か極東の飲み物だったよな」

「そうです、そうです」

アルマは頷いて、僕に小さなカップを寄越してきた。

「どうぞ」

「ありがとう」

カップからはあたたかい湯気が立ち、中には薄緑色の液体が入っていた。

「す、すごい色だな……」

「ふふ、こっちの人に出すと皆そういう顔をするんですよ」

アルマは楽しそうに微笑んで、自分の手に持ったカップを傾けた。

こくりと一口液体を飲み込んで、アルマはふぅとため息をついた。

「落ち着くんですよ、これ」

「故郷の味ってやつか」

「そう、そう。それです」

アルマが満足げに頷いて、もう一口飲んでいるのを見て、僕もその味に興味が湧いてきた。

おそるおそる、カップに口をつけて中身を啜(すす)る。

「……はぁ」

ため息が出た。

喉を通って、全身にあたたかさが行き渡るような感覚がする。

鼻を抜けてゆく渋い香りが、妙に心地よい。

舌の上には渋さの奥に潜んでいた甘みが残って、不思議な爽快感があった。

「美味い」

「そうでしょう！」

アルマは嬉しそうにうんうんと頷いて、テーブルを挟んで僕の向かい側の椅子に自分も腰をかけた。

そして、僕をじっと見て、言った。

「ラプチノスを迎えに来たんでしたっけ」

「ああ、そうだった」

リヨクチャの美味しさに感動して、本題を忘れていた。

「あいつはどこに？」

僕が訊くと、アルマは視線をゆっくりと動かして、僕の後ろ側にある扉を指さした。

「そのお部屋の中にいますよ」

「家に上げたのか？　暴れたりしなかったか」

「いやもう、私も驚くくらいにおとなしくて。手のかからない子でしたよ」

そうなのか……。

エルシィやアルマの話を聞けば聞くほど、疑問は大きくなってくる。

ラプチノスはそこまで人間に対して警戒心の薄い魔物ではなかったはずだが……。

「開けてもいいのか？」

「ええ、どうぞ」

アルマの指さした扉に手をかける。

そして、ゆっくりその扉を開けた。

「ォアッ!!」

「うおっ！」

中から、元気よくラプチノスが飛び出してきた。

「ぐえっ」

僕は床に押し倒されるような形でラプチノスにのしかかられた。

「おいおい、僕！　僕だから!!」

敵だと思われたのかと焦った僕はラプチノスの胴をぺちぺちと叩くが、ラプチノスは僕の上半身に頭をこすりつけている。

「ォアッ!!」

頭を上げたラプチノスが僕の方をまじまじと見つめて、顔を近づけてくる。

「や、やめ……」

食われる！

目をぎゅっとつぶると、顔の表面にヌメリとした感触が這った。

「ん……？」

おそるおそる目を開けると、ラプチノスがべろべろと僕の顔を舐めていた。

「……なんだよ、驚かせやがって」

僕は安堵して、身体をぐいと起こした。

ラプチノスも素直に僕から降りて、舌を出したままハァハァと息をしている。

一部始終を見ていたアルマは可笑しそうに肩を震わせていた。

「本当に、仲が良いんですね」

「まあ、懐かれてはいるらしい……」

僕が答えると、アルマはふと思い立ったように言った。

「そういえば、名前は付けてあげないんですか？」

「名前？」

「そうですよ。ずっとラプチノスって呼んでるでしょう」

言われてみれば、確かにそうだ。

ラプチノスはこいつの生物種の名称であって、本人に対する名とはいえない。

物語で、ドラゴンが主人公のことを「おい人間」と呼ぶようなものだ。

「名前……かぁ」

ぼんやりと考える。

このラプチノスは、賢く、足が速く、そして、僕を何度も助けてくれた。

そういう面を考慮して名前を付けてやりたいところだが……。

「極東では、愛玩動物には食べ物の名前をつけたりすることもありましたよ」

アルマがふとそんなことを言った。

「食べ物の名前?」

「そうです。例えば、〝ヒジキ〟とか〝シジミ〟とか」

ヒジキ、シジミといえばどちらも極東でとれる海産物だった気がする。

「食べ物か……」

ふと思い返して、最近目にした食べ物を想像する。

「ウルフ肉サンド……」

「さすがにそれは呼びづらくないですか」

ふと口に出した食べ物の名前をアルマは耳ざとく聞き取った。

いや、言ってみただけだから。

名前にならないことくらい分かってるから。

「じゃ、じゃあアルマはどういう名前がいいと思うんだよ」

「え、私ですか」

僕がバツの悪さを隠すようにアルマに話を振ると、彼女は顎に手を当てて考え込んだ。

「うーん……」

「好きな食べ物とかでもいいぞ」

僕が助け舟を出すと、アルマはハッと顔を上げる。

「ハマグリ！　ハマグリが好きです！」

「ハマグリ？」

しかし。

ハマグリ、という食べ物は聞いたことがないが、おそらくそれも極東の料理なのだろう。

ハマグリ、か。

「ハマグリ」

ラプチノスの顔を見ながら、そう言ってみる。

ラプチノスは小首を傾げながらこちらをじっと見ていた。

妙に、しっくりきてしまった。

「うん、ハマグリ」

僕は頷いて、アルマの方を見た。

「こいつの名前、ハマグリにするわ」

僕が言うと、アルマは目を丸くした。

そして、アルマにしては大きめな声で、言う。

「正気ですか！」

お前が言ったんだろうが。

×　×　×

かくして、ラプチノスの名前は『ハマグリ』に決まった。

名前が決まってハマグリも少し満足げだ。気のせいかもしれないが。

「さて、ハマグリとも会えたことだし。そろそろこいつ連れて帰るよ」

「あ、待ってください」

僕がテーブルを立とうとすると、アルマに呼び止められた。

「なんだよ」

「あの……その……」

アルマは妙に歯切れ悪く、視線をきょろきょろと動かしている。

「どうした」

僕が椅子に座りなおして訊くと、アルマは首を縦に小さく振った。

「実は……少しご相談したいことが……」

アルマはそこまで言って黙ってしまう。再び少し視線を落とし、考え込むようなそぶりを見せた。

そして、首を小さく横に振った。

「いえ……やっぱりなんでもありません」

「なんだよ、そんな区切り方されたらかえって気になるだろ」

僕が抗議すると、アルマは困ったように微笑みながら頭を下げた。

「すみません、少し早計だったかと思いまして」

アルマはやはり僕にはなんのことか分からない言い方で、しかし申し訳なさそうに謝った。

言えないことなのであれば無理に訊くこともないとは思うが、やはり気になってしまう。お互い数秒間黙った後に、アルマがゆっくりと口を開いた。

「……先日冒険をした、あの洞窟ダンジョンについて……いえ、正確には、あのダンジョンの〝近辺〟で、少し気になることがあるのです」

アルマはそこまで言って、僕をじっと見た。

「あなたならばあるいは……それを解決できるのではないかと思ったのですが、まだあなたに話して良いことなのかどうか精査ができておらず……すみません、少し勇み足をしてしまいました」

「……つまりお前だけでは決められない何かについて、ってことなのか？」

「……そうとも言えますし、そうでもないとも言えるのですが」

僕の質問に対して、アルマは慎重に言葉を選びながら、答えた。

「少なくとも、今軽はずみにお話しできることではありませんでした、ごめんなさい」

アルマはそう言って、もう一度頭を下げから言葉を続ける。

「もしあなたにお話しをしても良いという判断が下った場合は……その時は、頼らせていただいても良いですか……？」

少し上目遣い気味に、アルマが僕を見つめた。

ウッ、やめてくれ。ただでさえ真剣に頼まれるのには弱いんだ。加えて顔が好みなんて卑怯じゃないか。

「……まあ、僕にできることなら」

「……ありがとうございます」

アルマはうっすらと微笑んで、可愛らしい仕草で首を傾げた。

「やっぱりアシタさんはお優しいのですね」

「……そんなことない」

僕がぶっきらぼうに答えると、アルマはくすくすと笑った。

そして、僕の隣で、僕とアルマの間に視線を行ったり来たりさせていたハマグリに目をやって、それからすくっと立ち上がった。

「すみません、呼び止めてしまいまして。よければ、イシスの外まで送っていきますよ」

「え、いいよ。面倒だろ」

僕が言うと、アルマは首を横に振った。

「私も今から出ないといけないので」

「何か用事か？」

答えながら白いローブを羽織るアルマに僕が尋ねると、アルマはこちらを振り返って、にこりと笑った。

「賢人会に行くんですよ」

「なるほど、賢人会に…………は!?」

僕は大声を上げてしまう。

アルマはくすくすと笑って、僕に構わずに身支度を続けている。

賢人会、というのは。

七賢人のみが参加を許される、魔術師業界の最高決定機関のことだ。

それに参加する、と彼女は言ったのだ。

「先に言ってくれよ……」

僕はため息交じりに、そう呟いた。

「すみません……言い出しづらくて」

アルマも少し申し訳なさそうに、そう答える。

高位魔術師なんだな、などという話を先ほどしたばかりだが、なぜそのタイミングで言ってくれなかったのかと不満に思った。高位魔術師どころの話じゃない。この世にごまんといる魔術師のトップ七人のうちの一人だというのだ。

これを聞いてから、洞窟ダンジョンでのあれやこれやを思い出すと、納得がいく。

「さて、行きましょうか」

素早く出発の準備を整えたアルマが、何食わぬ顔で家の扉を開ける。

僕はハマグリを連れて、半ば茫然としながらアルマの家を出た。

家の扉に鍵をかけながら、アルマはこちらにちらりと視線をやって、少しいたずらっぽく言ったのだった。

「みんなには、秘密ですよ」

「……言えるか」

とんでもない人物と一緒に冒険をしたという事実に、いまさらになって冷や汗が止まらない。

「謙虚も度を越えれば嫌味になる」、とはよく聞く話だが。

アルマとのやりとりで、僕はそんな言葉を思い出していた。

第十三話　トレジャーハンターと冒険家

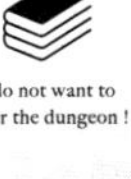

「お客さん。お客さん！　着いたよ」

声をかけられて目を開けると、辺りの景色が一変していた。

あたたかい日差しと、つんと肌に染みるような潮風。

ぼやける目をこすって魔車の荷台から顔を出すと、顔が生あたたかい潮風に吹かれて、少し目が覚めた。

数日魔車に揺られて、私は貿易都市トラトリオにやってきた。

「お客さんよく眠ってたねぇ。かなり飛ばしたから揺れただろうに」

魔車の運転手はそう言ったが、魔車で眠るのはもう慣れっこだった。

いくら揺れていようが、騒音がしていようが、眠ろうと思えばいつでも眠れる。

睡眠欲と睡眠時間のコントロールは、冒険者には必須のスキルだと、個人的には思っていた。

荷台からひょいと飛び降りて、私は魔車の運転手に歩み寄った。

「はい、お代。ちゃんと数えてね」

彼を雇う時に取り決めた『金貨四枚』という金額。

急ぎで、と頼んだのに金貨四枚という料金は破格だったので即決だった。

「ありゃ、お客さん。五枚あるよ」

一枚返してこようとする運転手に、私は首を横に振った。

「眠れるくらい快適だったから。受け取ってよ」

「そうかい。じゃあ、ありがたく……」

運転手が麻袋(あさぶくろ)に金貨をしまうのを見届けてから、私は彼に質問した。

「美味(おい)しいお店知ってる？　お腹(なか)減っちゃってさ」

魔車で遠方を訪れたときは、必ずこれを訊(き)くようにしているのだ。

運転手は各地を転々として客を得ていることが多い。意外と食通な運転手もいたりして、何度も〝安くて美味しい店〟を教えてもらえた。

「ああ、それなら大通りの突き当たりにある『フィシャズ・レリフ』が美味(うま)いぞ」

「海産系？」

「もちろん」

「いいね。オススメは？」

「俺はホエルの薄焼きを毎回頼むね。魚くさくてたまらねぇが、それが最高にイイんだよ」

ひとしきり海産メニューの話をしていたら腹の虫が鳴きだした。

今回も、良い店を聞くことができた予感がする。

「ありがと。帰りも気を付けてね」

「お客さんも、良い冒険をな」

運転手と別れて、私は軽い足取りで大通りを歩き始めた。

行き先はもちろん、今教えてもらった『フィシャズ・レリフ』である。

×　×　×

「おう待たせたなエルシィ……ってなんだその顔」

「満足の顔……」

冒険者ギルドの総本山、『トラトリオ・ユニオン』のロビーの待合椅子に座ること数十分。

大剣を担いでやってきた大男の名は、ラッセル・ノイマン。

彼は待ち合わせの時刻より少し遅れて現れたが、私はもうそんな些細なことは気にならないくらい幸せだった。

「満足って何がだよ」

「いやね、大当たりのお店引いちゃってさぁ」

先ほど食べたホエルの薄焼きの味を思い出して口角が自然と上がってゆくのを感じた。

「お前ほんとメシ屋巡り好きだよなぁ。今日はどこだよ」

「フィシャズ・レリフって店」

「ああ、あそこは確かに美味い。けどちょっと値が張ったろ」

「値段なんていいじゃん美味しければさぁ！　そこそこの金額払って味もそこそこ、っていうのが一番最悪でしょ」

私が言うと、ラッセルは「確かに」と頷いて肩を揺らした。

「ま、楽しんできたならなによりだぜ。随分遠くまで呼び出しちまったからな」

「いいよ、あたしの方がラッセルよりは忙しくないしね」

私の言葉にラッセルは少し困ったように肩をすくめて笑った。

言葉にするかしないかの差で、私の方が暇なのは事実だ。

単身でトレジャーハンターをしている私よりも、冒険者ギルドをとりまとめる頭として全国のギルドを渡り歩いてはダンジョンの様子を確認して回っているラッセルの方が、私の何十倍も忙しいだろう。

「それで、結局どうすることになったの？」

私は早速、本題を切りだした。

ラッセルは小さく頷いて、机に片腕を乗り出すように置いて、話しだす。

「当分あの洞窟ダンジョンの六層以下は封鎖だな」

「……やっぱそうなるよね」

　私は苦い顔で頷いた。

　こうなるだろうということはあらかじめ予想できていたのだ。

「突然あんだけの大きな空間が見つかって。しかも中には魔暁石とゴーレム、ときたもんだ。不確定要素が多すぎる。好き勝手に冒険させて死人が出ても困るからな」

　ラッセルの言葉は冒険者の秩序を守る『ギルドの長』としては当然のものだった。

　しかし、冒険者の私としては、せっかくの新天地を封鎖されるというのは面白いことではない。かといって、反抗する気もさらさらない。冒険者を名乗るのであれば、冒険者のルールに従うのは当然だ。

　しかし、第六層以下を封鎖するとなると、絶対に反対するであろう人々の存在が懸念される。

「商人たちはなんて言ってるの」

　私が訊くと、案の定ラッセルは眉根を寄せてため息をついた。

「それなんだがなぁ……」

「魔暁石とゴーレムが出てきちゃってるからねぇ。商人としてみれば当然、『もっといろいろ出てくるかも！』ってなるでしょ」

　金の匂いを敏感に嗅ぎつけて、それを手に入れるルートを迅速に確保するのが商人の仕事だ。

「新しい宝が見つかるかもしれないが危ないので封鎖します」と言われて黙って引き下がると

は到底思えない。

「まあ、すでに商人ギルドの長からは猛反対を受けてる」

「でしょうね」

「だから、その点についてはは譲歩することにした」

ラッセルはポンと手を打って、言葉を続ける。

「俺が同行できる時のみ、商人には調査を許可する」

「はは、それってつまり年に数回ってこと？」

「……まあ、そうなるな」

ラッセルはぽりぽりと頭を掻いた。

「精一杯の妥協点だ。これ以外の条件では許可できねえ」

「随分慎重なんだね、今回は」

私の言葉に、ラッセルは少しだけ表情を曇らせた。

「そりゃ、慎重にもなる。お前もゴーレムとやり合ったんだから分かるだろう。あれは今まで戦ったどんな魔物よりもやばかった。ゴーレムの拳を受けたとき、冗談めかして言ってみたが、ありゃ冗談抜きで〝俺じゃなきゃ死んでる〟一撃だった」

ラッセルはその時のことを思い返すように額にシワを寄せて、拳をぎゅっと握った。

「アシタがいなきゃ俺もあのままやられてたかもしれん。ましてや、商人なんざ知識のあるやつからないやつまでいれば、冒険に関しては素人な場合がほとんどだ。そんなやつらが気軽にほっつき歩ける場所じゃない」

いつも鷹揚に冒険者に接しているラッセルだが、こういう時はひたすらに真面目だ。冒険者や商人の安全を守る、という点においては彼以上に多くのことに目を向けている冒険者はいないだろうと思う。

だからこそ、彼が冒険者の長を務めているのだが。

「まあ、ラッセルがそう決めたのならだれも文句は言わないでしょうよ。あたしも含めてね」

「だが、お前には悪いことをしたなと思ってる。お前が見つけた空間だし、どう考えてもあれは大発見だ」

ラッセルが申し訳なさそうに見つめてくるので、私はいたたまれない気持ちになる。

「いや、いいよ別に。あたしたちはすでにちょっと〝うまみ〟を得てるしね」

意味ありげに言ってやると、ラッセルも鼻を鳴らした。

〝うまみ〟というのは、魔暁石とゴーレムの身体を売って得た金貨のことだ。

あれは、先行して冒険をした私たちのみが得られた役得のようなものだ。……まあ、それに見合うほどの危険な目にも遭ったが。

「まあ、な。おかげで俺も常飲酒のランクを一つ上げた」

「ほんと、生きて帰ってこられて良かったよねぇ」

私がそう言って椅子の背もたれにぐいと寄りかかると、ラッセルは急に押し黙った。

不思議に思って、ラッセルの方に視線をやると、ラッセルはまじまじと私の顔を見つめていた。

「な、なにさ」

「お前、あのアシタって男と組む気はないのか？」

あまりにも真面目な表情でラッセルがそんなことを言うものだから、私は失笑してしまう。

「はは、アシタをバディに？　冗談でしょ」

「本気で訊いてるんだ。お前とあいつ、なかなかいいコンビだと思うけどな」

笑いながらラッセルから視線を逸らす。

ラッセルは食い下がるように言葉を続けた。

「最近、ずっとあいつを連れ回してたろ。お前が同じ人間と何回も冒険に行くなんて珍しいから気になってはいたが、あいつは並の冒険者よりもダンジョンや魔物に詳しいじゃないか。だからてっきり、お前もそのつもりで……」

「ないよ」

ラッセルの言葉を遮って、私は彼の言葉を否定した。

「そんなつもり、ないから」

そうはっきりと言い放つと、ラッセルも勢いをなくしたように黙ってしまった。

私も、ラッセルのその沈黙に甘えて、黙り込む。

少し、嘘をついた。

今は、アシタを相棒にしようという気はない。それは本当だ。

しかし、最初からその気がなかったかと訊かれれば、嘘になる。

彼は賢く、冷静で、かつ、優しかった。

本人にはまったくその自覚はないようだが、彼はなぜか他人に対して献身的だった。

他人と自分を切り離して考えられない性格のようで、つい相手の心情に寄り添って考えてしまうのだ。

結果、いつも厄介事に巻き込まれてゆく。

私は、彼のその性格を〝利用して〟しまっていた。

「ちょっと、嘘ついちゃった」

私が口を開くと、ラッセルは下げていた視線を私に戻す。

「最初はね、アシタがあたしの相棒になってくれれば上手くいくかもって思ってたんだ」

私が言葉を続けると、ラッセルは黙って聞いていた。

「アシタ、ダンジョン行くのものすごく嫌がっててさ。でもなんだかんだで、何回もつきあってくれたの。危ない目に遭っても、懲りずにさ」

私は、昔を思い出すように目を細めて、語る。

「あたしもさ、昔は冒険なんて全然好きじゃなくって。でも、お父さんが冒険者だったからさ、無理やり連れ出されて」

「そりゃ、初耳だな」

「初めて言ったもん」

ラッセルは鼻を鳴らして、小さく頷いた。

ラッセルはガサツなように見えて、案外他人の話を聞くのがうまい。

必要以上に口を挟まないけれど、ときどき相槌を打ったり、軽口を言ったり。

こちらが語りやすい空間を作ってくれる。

「だからね、アシタもあたしみたいに、無理やり連れ回されてるうちに冒険するの好きになるんじゃないかなって。勝手に思ってたの。でも……」

でも、それは違った。

数日前の、私のベッドに座って語った、彼の言葉。

『だから、僕は本を読む。読める限りの、本を』

そう静かに言った、彼の声のトーン。そして優しい表情。

あの、〝夢を語る〟顔。純粋な気持ちのこもった、声色。

そのすべてが、私の脳に焼き付いていた。

「アシタの幸せは、本を読むことの中にあるんだよ。たぶん、それは何が起こっても変わらない。だから……」

だから、無理に連れ出すことはもうしない。

ここに来る前に、そう決めたのだ。

彼に相棒は、頼まない。

もう、頼めない。

私が言葉を区切ると、ラッセルは小さくため息をついた。

「そうか……まあ、お前がそう言うなら俺もこれ以上は言わねぇがよ」

ラッセルはそこまで言って、ぽりぽりと首の後ろを掻いた。

「まあ、なんだ。男から見て、女ってのが不思議な生き物なのと同じでな」

突然何の話をし始めたのかと思いラッセルを見ると、ラッセルは大真面目なようだった。

「女から見ても男の気持ちっていうのは理解しがたいものがあると思うんだよ」

「え、なんの話」

彼の言葉の意図を摑み切れずに私が口を挟むと、ラッセルは再びぽりぽりと首を掻いて、困ったように笑った。

「あー、なんて言ったらいいんだろうな。まあ、つまり、あれだ」

ラッセルは大きく頷いて、声のトーンを上げた。

「男の言うことを真に受けるな！　ってことだな」

「嫌だ嫌だと言ってても、心の中ではどう思ってるか分からんってこと」

ラッセルはそう言って、どんと自分の胸を叩いた。

「俺は、好きな女の子をいじめちゃうタイプだったしな」

「いや、聞いてないし……」

私が苦笑すると、ラッセルは豪快に笑って、ぱん、と手を打った。

「まあ、お前がアシタを気に入ってるってんなら。ダメ元でも時々誘ってみろよ。案外あいつも心変わりしてるかもしれん」

「そういうものかなぁ」

「そういうもんだ」

私は納得したような、そうでもないような気持ちで、小さく頷いた。

「まあ、気が向いたらね」

私の言葉にラッセルは満足げに頷いて、席を立った。

「数日はこっちにいるのか？」

「二、三日はね。海岸遺跡も見ていきたいし」

私が答えると、ラッセルは肩をすくめて苦笑した。

「お前も大概、冒険バカだよなぁ」

「ラッセルにだけは言われたくない」

お互い含み笑いをして、私も席を立った。

「まあ、洞窟ダンジョンのことは申し訳なかったが、他に何か困ったことがあったら言ってくれよ。いろいろ融通(ゆうずう)はつけてやる」

「ありがと。そっちもいろいろ頑張ってね」

拳と拳をこつんとぶつけて、微笑み合う。

ラッセルは何も言わずに踵(きびす)を返して、建物の出口へと向かった。

さて、これでラッセルとの用事は済んでしまった。

次はどこに向かおうか。

「あ、そうだ！　エルシィ！」

次の行動を考え始めたところで、建物の出口の前でこちらへ振り返ったラッセルが声をかけてきた。

「なに！」

私が返すと、ラッセルはにんまりと笑って、言った。

「あの手の男は意外とモテるからな！　狙ってるなら早めに動けよ！」

「馬鹿！　そんなんじゃない！」

ラッセルはゲラゲラと笑って、今度こそ建物を出ていった。

まったく……。
アシタのことは、人間としてそれなりに尊敬はしている。
冒険の相棒になってくれたらいいとも思っている。
しかし、それ以上の感情は何もない。
「でも……」
ふと、アルマに対して鼻の下を伸ばしているアシタの表情が脳裏に浮かんだ。
あれは、少しムカついた。
理由は、分からない。
「さて……適当に携帯食用意して、ダンジョン潜ろうかな」
私はぐいと伸びをしてから、『トラトリオ・ユニオン』の出口へと歩みを進めた。
せっかくトラトリオに来たのだ。
海岸遺跡をくまなく歩いて、目新しいものがあれば拾って帰ろう。
そして、アシタに見せてやるのだ。
私が書店に入ったときの、あのげんなりとしたような顔が、また見たい。
建物を出た私はふふ、と一人で微笑して、上機嫌に大通りを歩き始めた。

エピローグ　やはり、ダンジョンになんて行きたくない

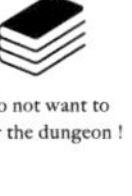

肉を、焼いている。

今朝買ってきたばかりのウルフのもも肉だ。

火打ち石を使い、悪戦苦闘しながら小枝に火をつけ、それを薪に移らせて大きな炎にした。

そして、その上に金属製の焼き台を置く。

焼き台が十分に熱くなってから、その上にウルフのブロック肉を置いた。

ジュッと肉の表面が一気に焼ける音がして、じわじわと肉から脂が浮き出てくる。

なぜこんな朝早くから起き出して、本屋の前で肉を焼いているのかというと。

「ハマグリ、メシだぞ」

ハマグリの朝食を作ってやっているのだ。

ラプチノスは肉食動物なので、肉ならばたいていのものを好き嫌いせずに食べるという。

なので、比較的安価で手に入るウルフの生肉を用意してやったのだが、なぜかハマグリはそれを食べたがらなかった。

スンスンと匂いを嗅いだ後に、何か言いたげにこちらを見てきて、口にすることはしなかった。

どうしたものかと困り、「もしかしたら、焼けば食べるんじゃないか」というあまりに適当な予測を立て実行してみたところ、まさかの大当たりだった。

焼いた肉であれば、ハマグリはもりもりと食べた。

そういうわけで。

ハマグリを飼い始めてからというもの、僕は朝には必ず本屋の前で肉を焼いている。

朝、昼、夜の三食分を朝のうちに焼いてしまうのだ。

「ぜってぇ僕より食費高いよなぁこいつ……」

三食すべてウルフ肉とは、ずいぶんと贅沢な食事である。

独りごちながら、美味そうに焼きあがったウルフ肉を三つに切り分け、その一つを平たい石皿に置いた。

「ハマグリ！　起きろ！」

当のハマグリはというと。

本屋の前の草地で身体を丸めて、うとうとと目を細めていた。

こいつの野性は数日でどこかへ消えちまったらしい。

随分と無警戒に眠っている。

僕はため息をついて、石皿を持ってハマグリの目の前まで歩いていった。

ハマグリの鼻先にウルフ肉を置いてやると、やつは鼻をぴくぴくとさせた後に、ぱちりと目を開いた。

「ォア……」

「おはよう」

ぼんやりとした眼で僕の方を見て、ハマグリの顔がずいとこちらに近づいてくる。

「うわ」

ハマグリがべろべろと僕の顔を舐め始めた。

舌の妙なねばりけとあたたかさに驚いて、僕はぐいぐいとハマグリの顔を押しのけた。

「僕じゃなくてメシ！　メシを食え」

コンコン、と石皿を叩くと、ようやくハマグリは自分の食事がそこにあることを認識したようで、ぺろりと肉の表面を一度舐めた後に、もさもさと肉を食べ始めた。

「よしよし。ゆっくり食え」

僕はハマグリの首の後ろを軽く撫でて、立ち上がる。

焼き台に戻り、残りの二かけらの肉を皿に移して、すぐに焼き台を畳む。

僕の朝食はパンのみで十分だ。

ハマグリと暮らし始めてから一週間ほどの時間が経った。

ラプチノスという生物とうまく暮らしてゆけるかは少し不安だったが、ようやく僕の生活の中にハマグリが溶け込んできたように思う。

「さて、僕も朝食をとるか」

最近、ハマグリとの生活以外にも一つ変わったことがある。

それは、意識的に朝食をとるようになったことだ。

以前は食事を一日に一、二回抜かしたところで何も思わなかったし、むしろ食事の時間を読書にあてたいと思っていた。

しかし、エルシィたちと洞窟ダンジョンに冒険に行ってからというものの、どうも自分の体力のなさが気になり始めてしまったのだ。

冒険家の手記にはたいてい、「冒険の基本は十分な食事と、睡眠だ」というようなことが書かれている。別に僕は冒険家になりたいわけではないのだが、それでも、冒険家の言うことにならっておけば今よりは体力がついてくるのではないかと思い、食事を意識するようになった。

そしてその効果は思った以上で、今まで午前中は身体がだるく、ぼんやりとしながら読書をしていることが多かったのだが、朝食をしっかりとると頭も冴えて、あらゆる行動の効率が良くなることに気がついた。

店内に戻り、カウンターよりも奥にある雑多に自分の生活用品を置いているスペースに入り込む。食糧を保管している棚から堅めのパンを取り出して、ナイフで食べやすい大きさに切り、その上に燻製肉(くんせいにく)の薄切りを載(の)せる。本当はここに野菜も加えたいところだが、野菜はあまり日持ちがしないので買ってきていないし、そもそも値段が高いのであまり買いたくない。

パンに肉を載せたシンプルな朝食にかぶりついて、水瓶(みずがめ)からコップに水を注ぐ。普段ならちびちびと水を飲みながらパンを頬張って、その間、食事の後に何の本を読むかを考える。……が、今は考えるまでもなく、読むべき本は、〝アレ〟である。

パンを口に詰め込んで、もぐもぐと咀嚼(そしゃく)しながら、僕は手を清潔な布で拭(ふ)き、カウンターに置いたままになっていた分厚い本を手に取った。

『古代エルフ文明史書』。

文字通り〝命を懸(か)けて〟手に入れた本だ。

その甲斐(かい)あってか、その内容は興奮を覚えるほどに、今までの文献からは得られないものばかりだった。

本当は冒険から帰ってきた後すぐに勢いよく読み進めていきたかったのだが、なんだかんだで冒険の疲労が数日間抜けなかったり、ハマグリのために飼育方法を調べ、それを実践(じっせん)したりで、あまり読書の時間が取れていなかったのだ。

しかしハマグリの飼育も落ち着いてきて、身体の疲労ももう感じない。

どうせ客も来ないので、今日は店を休みにして古代エルフ文明史書を、まずは一周、読み終えてしまいたい。

張り切って、本を開こうとした瞬間に。

――コンコンコン

店の扉をノックする音が聞こえた。

僕は露骨に顔をしかめて、開きかけた本をゆっくりと閉じる。

「……誰だよ、こんな時間に」

確かに、まだ〝本日休業〟の看板を出していなかった。とはいえ、休業でなかったとしても、まだ店を開けるには早すぎる時間だ。

こういったぶしつけな来訪をしてくるのはたいていエルシィなのだが、今はトラトリオに行っているはず。

彼女以外に、こんな時間に店の扉を叩く人間に心当たりはなかった。

若干(じゃっかん)不機嫌になりながら店の扉に近づき、ガチャリと開ける。

「誰だよこんな時間に。悪いけど今日は休業……」

扉を開けて一息に客を追い払おうとして、僕は目の前に立っていた人物を見て言葉を飲んだ。

「……あなたが、アシタ・ユーリアス？」

「……ああ、そうだけど」

扉の向こうにいたのは、僕よりもだいぶ身長の低く、そして年も明らかに幼い少女だった。

分厚く、そして丈の長いローブを着て、無表情で店の前に立っている。

淡い赤色の髪の毛が、妙に朝の景色に映えていた。

今までこの店に幼女が訪れたことはなかったため、あまりにもミスマッチな来客に一瞬言葉が出てこなくなる。しかし、どんな相手だったとしても結局やることは変わらない。

「悪いが、今日は休業なんだ、何か用があるなら出直して……」

僕がすべてを言い終える前に、目の前の幼女が急にローブの中からぬっと腕を突き出して、僕の胸にドン、と重い麻袋を押し付けた。

押し当てられた麻袋からジャラ……という音がする。明らかに、硬貨の類が入っていた。それも、こんな幼女が持ち歩くには不相応な額の。

僕が訝しげに彼女に視線をやると、相変わらず無表情なまま、幼女が言った。

「アシタ・ユーリアス……私と一緒に、ダンジョンに来てほしい」

彼女の言葉が、耳を通して、脳に入り。

じんわりとその意味が咀嚼されて。

そして僕はゆっくりと答えた。

「……え、嫌ですけど」

どいつもこいつも、僕をダンジョンに連れ出そうとする。

ついには見知らぬ幼女までやってきて、わけもわからないうちに僕にダンジョンへ潜(もぐ)れと、言ってくる。

僕は本屋の店員。

カッと目を見開いて、もう一度、言う。

「嫌ですけど!!!」

断固として、ダンジョンになんて、入ってやらないのだ。

あとがき

はじめまして。しめさばと申します。

細々とネットで物書きをしていた者です。気付いたらデビューしたレーベルとは別のレーベルでも本を出させていただけることとなり、おっかなびっくりでこれを書いています。

突然ですが、作家になってからたいへん太りました。

具体的な数字は恥ずかしいので控えますが、先月温泉旅行に行った際、気の迷いで体重計にのったところ、自然と「ウワッ」という声が漏れた程度に太りました。

理由は単純。お家から出ていないからです。

打ち合わせと買い物、そして諸々の支払い等の用事以外で家を出ることがなくなってしまったせいで、どんどんと脂肪がつき、筋肉が衰えてゆくのを感じています。

たまの外出で最寄り駅（徒歩二十分）まで歩いてゆくと、その道中の坂道でふくらはぎがパンパンになり、電車で座れないとものすごく疲労を感じてしまうわけです。

これで私がすでに三十代後半、四十歳に差し掛かろうとしている……というほどの年齢だったなら諦めもついてしまうかもしれませんが、あいにく私はまだ二十代。

ちょっと外出した程度でこんなにへばってしまっていては世話ありません。

一体何の話なんだ、と思うかもしれませんが、結局私がしたいのはアシタの話なのです。

本作に出てくるアシタという青年は、本屋に引きこもり、運動もせずに過ごしていることから大変貧弱な身体に〝仕上がって〟しまっているわけですが、まあ多少の創作的誇張があるとしても、みなさんも身体を意識的に使わなければ本当に衰えていってしまいますよ、ということです。

特に大人のみなさんは気を付けて。意識的に鍛えなければ、二十歳を越えた途端に身体の衰えを感じ始めますからね。

学生の時のような感覚で、急に走りだしたりしてはいけません。怪我をします。

気軽に徹夜をしてはいけません。翌日が台無しになります。

食べ過ぎてはいけません。戻ってきます。

運動をしましょう。

私は毎日ウォーキングとプランクトレーニングを始めましたよ。

毎日はちょっと盛りましたね。隔日です。

みなさんも、やりましょう。

さて、ここからは謝辞になります。

まずは、とても丁寧に作業をサポートしてくださったK編集に感謝を申し上げます。相変わらず遅筆な私ですが、粘り強く付き合ってくださいました。K編集にとってこの作品が「携わって良かった」と思えるものになることを祈っております。

次に、ブックウォーカーの頃からこの作品にイラストを描いてくださった切符さん。素敵なイラストをありがとうございます。イキイキとしたキャラクターたちを本人も楽しんで描いてくださり、本当に嬉しかったです。

そして、おそらく私よりも真剣に本文を読んでくださった校正さんと、その他この本の出版にかかわってくださったすべての方々に、心よりお礼を申し上げます。ありがとうございました。

最後に、この本を手に取ってくださった皆様。そして、カクヨムの頃から応援してくださった皆様にお礼を申し上げます。本当にありがとうございます。

またみなさまと私の書いた物語が巡り合うことができるようにと願いながら、あとがきを終わらせていただきます。

しめさば

本書は、カクヨムで連載されている『本屋の店員がダンジョンになんて入るもんじゃない』を加筆・修正したものです。

また、加筆・修正前の『本屋の店員がダンジョンになんて入るもんじゃない』はカクヨムとブックウォーカー社が二〇一七年に開催した『ＢＯＯＫ☆ＷＡＬＫＥＲ　ＢＷインディーズコンテスト』にて大賞を受賞し、切符氏が書き下ろした表紙・中表紙イラストを収録した形でＢＯＯＫ☆ＷＡＬＫＥＲにて個人出版書籍扱いで電子書籍が配信されておりました。

次のページからは、『ＢＯＯＫ☆ＷＡＬＫＥＲ　ＢＷインディーズコンテスト』の大賞受賞時に切符氏が書き下ろしたイラスト及びキャラクターデザインを収録しております。

エルシィ・ミンクス
アシタ・ユーリアス

BW版キャラクターデザイン
ラッセル・ノイマン
アルマ・ナカジマ

本屋の店員が
ダンジョンに
なんて入るもんじゃない！

こ の 作 品 の 感 想 を お 寄 せ く だ さ い 。

あて先　〒101-8050　東京都千代田区一ツ橋2-5-10
集英社　ダッシュエックス文庫編集部　気付
しめさば先生　切符先生

ダッシュエックス文庫

本屋の店員がダンジョンになんて
入るもんじゃない！

しめさば

2019年8月28日　第1刷発行

★定価はカバーに表示してあります

発行者　鈴木晴彦
発行所　株式会社　集英社
〒101−8050　東京都千代田区一ツ橋2−5−10
03(3230)6229(編集)
03(3230)6393(販売／書店専用)　03(3230)6080(読者係)
印刷所　図書印刷株式会社
編集協力　梶原 亨

ISBN978-4-08-631323-0 C0193